CITAÇÕES, AFORISMOS E FRASES CÉLEBRES

O MELHOR DE

MEU REINO POR UM CAVALO!

(William Shakespeare)

Edição, seleção e projeto gráfico
Ivan Pinheiro Machado

L&PM POCKET

Coleção **L&PM** POCKET, v. 1242

TEXTO DE ACORDO COM A NOVA ORTOGRAFIA.
ESTE LIVRO É UMA SELEÇÃO DE FRASES E ILUSTRAÇÕES DOS LIVROS **MEU REINO POR UM CAVALO! V.1** E **MEU REINO POR UM CAVALO! V.2**
PRIMEIRA EDIÇÃO NA COLEÇÃO L&PM POCKET: FEVEREIRO DE 2017

EDIÇÃO, PROJETO GRÁFICO E CAPA: IVAN PINHEIRO MACHADO
REVISÃO: CAMILA FRISO
FINALIZAÇÃO E APOIO MORAL: MARINA FERREIRA
PRODUÇÃO: LÚCIA BOHRER E EQUIPE L&PM EDITORES (JANINE MOGENDORFF, MARIANA DONNER, KARINE VARGAS, CARLA UHLMANN, FERNANDA SCHERER E PAULA TAITELBAUM)
ILUSTRAÇÕES: ARQUIVO L&PM EDITORES E ISTOCK. AS DEMAIS ILUSTRAÇÕES ESTÃO CREDITADAS NAS PÁGINAS INTERNAS.

CIP-BRASIL. CATALOGAÇÃO NA PUBLICAÇÃO
SINDICATO NACIONAL DOS EDITORES DE LIVROS, RJ

M469

O MELHOR DE MEU REINO POR UM CAVALO! / EDIÇÃO, SELEÇÃO E PROJETO GRÁFICO IVAN PINHEIRO MACHADO. – 1. ED. – PORTO ALEGRE, RS: L&PM, 2017.
240 P. : IL. ; 18 CM.   (COLEÇÃO L&PM POCKET. V. 1242)

ISBN: 978-85-254-3472-2

1. CITAÇÕES. 2. AFORISMOS E APOTEGMAS. I. MACHADO, IVAN PINHEIRO. II. SÉRIE.

17-38914   CDD: 398.9
    CDU: 395.9

COPYRIGHT (C) IVAN PINHEIRO MACHADO, 2017.

TODOS OS DIREITOS DESTA EDIÇÃO RESERVADOS A L&PM EDITORES
RUA COMENDADOR CORUJA, 314, LOJA 9 – FLORESTA – 90220-180
PORTO ALEGRE – RS – BRASIL / FONE: 51.3225.5777 – FAX: 51.3221.5380

PEDIDOS & DEPTO. COMERCIAL: VENDAS@LPM.COM.BR
FALE CONOSCO: INFO@LPM.COM.BR
WWW.LPM.COM.BR

IMPRESSO NO BRASIL
VERÃO DE 2017

UM LIVRO CURIOSO, ÚTIL E INSPIRADOR

Só as palavras contam. O resto é conversa fiada...
(Ionesco)

Palavras podem mudar o mundo. Podem ferir, chocar, emocionar, podem levantar multidões ou simplesmente fazer rir, divertir e encantar. Foi com palavras que Churchill deu aos ingleses ânimo e esperança para lutar e superar o inimigo nazista, que parecia invencível. Foi com palavras que Shakespeare imprimiu sua marca nos séculos e tornou-se eterno. Como esses dois exímios esgrimistas da palavra, há centenas de mulheres e homens de brilho esfuziante, que criaram frases, textos, romances, poemas e aforismos inesquecíveis. Se há frases que são geniais pelo espírito, humor e ironia, há também frases que ajudaram a mudar o mundo.

Meu reino por um cavalo! parte do famoso brado do Rei Ricardo na peça *Ricardo III*, de William Shakespeare, e percorre centenas de ditos, aforismos e fragmentos de textos produzidos através dos séculos, que ainda têm grande ressonância no mundo em que vivemos. A ideia foi compor um livro que fosse útil, inspirador, curioso, e que ao mesmo tempo prestasse uma homenagem à inteligência, a estas mentes capazes de cunhar frases que despertam em nós todo tipo de sentimento. O leitor vai percorrer vários universos que vão desde aspectos das relações humanas, como o amor, o desamor, a amizade, o drama de existir, a vida e a morte, até o mundo em conflito, em que grandes personagens se sobrepuseram às armas com palavras e, com elas, contribuíram para mudar o rumo da história.

Esta versão editada agora na Coleção L&PM POCKET reúne em um volume uma seleção de frases e ilustrações que compõem os livros *Meu reino por um cavalo!* 1 e 2. Bom proveito!

Ivan Pinheiro Machado (2017)

Índice

Shakespeare disse, disse, disse 13
Eles & elas: amor e desamor 15
O dinheiro, o poder e a glória 47
Verdades & mentiras ou a vida como ela é 63
(In)felicidade, beleza & outras coisas boas (e más) da vida 83
Amigos, fama & afins 97
Penso, logo... não desisto 105
Arte, literatura & outros alimentos do espírito 119
Liberdade, liberdade 139
O homem contra o homem 149
Os outros são um inferno 167
A História é uma história 181
O mundo em conflito: justiça, poder & outras batalhas 191
Viver & morrer: o tempo e o drama de existir 205
Quem é quem 221

Citação: repetição incorreta do que foi dito por alguém.
(Ambrose Bierce)

> É do mistério que temos medo. É preciso que não haja mais mistério. É preciso que os homens desçam a esse poço escuro e dele retornem, e que digam que não encontraram nada.

Antoine de Saint-Exupéry

Sheikespir, sim, é que era bão: só escrivia citação!

(Millôr Fernandes)[*]

---

[*] Este livro é dedicado a Millôr Fernandes, o melhor de todos.

Shakespeare disse, disse, disse...

O QUE NÃO TEM REMÉDIO REMEDIADO ESTÁ. (OTELO)

O HÁBITO NÃO FAZ O MONGE.
(VIDA DO REI HENRIQUE VIII)

O CIÚME É UM MONSTRO DE OLHOS VERDES. (OTELO)

A MULHER É UM PRATO PARA OS DEUSES, QUANDO NÃO É O DEMÔNIO QUE O PREPARA.
(ANTÔNIO E CLEÓPATRA)

O RESTO É SILÊNCIO...
(Hamlet)

O QUE NÃO TEM REMÉDIO NEM DEVERIA SER PENSADO. (MACBETH)

NEM TUDO QUE RELUZ É OURO.
(O MERCADOR DE VENEZA)

SER OU NÃO SER, EIS A QUESTÃO.

HÁ ALGO DE PODRE NO REINO DA DINAMARCA.
(HAMLET)

Há mais coisas entre o céu e a terra do que sonha a nossa vã filosofia. (Hamlet)

BEM ESTÁ O QUE BEM ACABA.

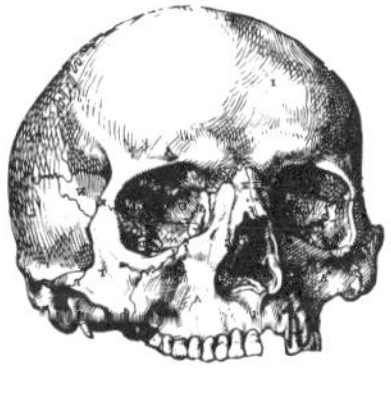

Eles & elas:
AMOR E DESAMOR

Amor é um fogo que arde sem se ver,
é ferida que dói e não se sente;
é um contentamento descontente,
é dor que desatina sem doer.

(Luís de Camões)

Você diz que ama a chuva,
Mas quando ela cai, você fecha as janelas.
Você diz que ama os peixes,
Mas corta-lhes a cabeça.
Você diz que ama as flores,
Mas corta-lhes a haste.
Então... quando você diz que me ama,
Tenho medo!

(Marcel Rioutord)

**Como seria o mundo sem os homens?
Seria um mundo sem crimes e cheio
de gordinhas felizes.** (Nicole Hollander)

Tenho ciúme de quem não te conhece ainda, pois te
verá, pálida e linda, pela primeira vez. (Guilherme de Almeida)

. . . .

O amor é um não sei o quê, que vem de
não sei onde e que acaba não sei como.
(Madeleine de Scudéry)

Vença-me. Seduza-me. Fique comigo.
Ah, faça-me sofrer! (James Joyce)

TODO CASAMENTO É UMA "SÍNDROME DE ESTOCOLMO". (L. POTTER)

VOCÊ NÃO SABE NADA DE UMA MULHER ATÉ ENCONTRÁ-LA NUM TRIBUNAL.
(NORMAN MAILER)

E agora – que desfecho!
Já nem penso mais em ti...
Mas será que nunca deixo
de lembrar que te esqueci?
(Mario Quintana)

O ódio nos faz viver. O amor nos mata.
(Junqueira Freire)

O sol não brilha para os mal-amados.

(Millôr Fernandes)

Se você não pode viver sem mim, por que não está morto ainda? (Cynthia Heimel)

Minha mulher reduziu as nossas relações sexuais a uma vez por mês, mas conheço dois caras que ela cortou de vez.
(O autor da frase preferiu manter o anonimato)

O primeiro divórcio é o único realmente difícil. Depois é meramente uma questão econômica.
(Anônimo)

Se você quiser me amar, me ame: mas lembre-se que seu amor cria a cada minuto uma mulher mais bela e melhor do que eu, e você quer que eu me pareça com ela... (Colette)

EU VIVIA SÓ... ENTÃO, ME DIVORCIEI.
(Anônimo)

Amor com amor se paga. E nada mais. *(Millôr Fernandes)*

EU GOSTO MAIS DO MICKEY DO QUE QUALQUER MULHER QUE EU JÁ TENHA CONHECIDO.
(WALT DISNEY)

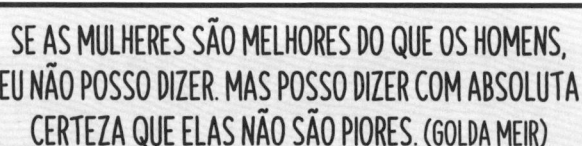
Walt Disney

SE AS MULHERES SÃO MELHORES DO QUE OS HOMENS, EU NÃO POSSO DIZER. MAS POSSO DIZER COM ABSOLUTA CERTEZA QUE ELAS NÃO SÃO PIORES. (GOLDA MEIR)

Enquanto ela espera o homem certo, vai se divertindo com os errados. *(Anônimo)*

O SEXO SEM AMOR É UMA EXPERIÊNCIA VAZIA. MAS COMO EXPERIÊNCIA VAZIA, É UMA DAS MELHORES. (WOODY ALLEN)

BEBER SEM ESTAR COM SEDE E AMAR O TEMPO TODO. EIS AS ÚNICAS COISAS QUE NOS DISTINGUEM DOS OUTROS ANIMAIS. (PIERRE BEAUMARCHAIS)

O AMOR É CEGO, POR ISSO NUNCA ACERTA O ALVO. (WILLIAM SHAKESPEARE)

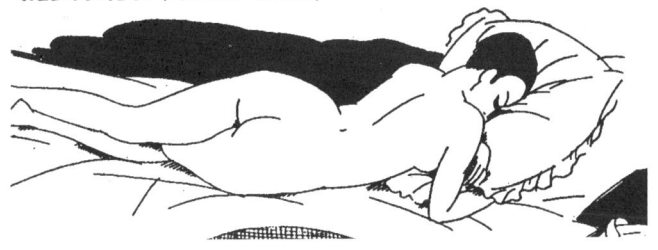

O AMOR É CEGO, MAS O CASAMENTO LHE RESTITUI A VISÃO. (GEORG C. LICHTENBERG)

CLARO QUE HÁ ALGO CHAMADO AMOR. OU NÃO HAVERIA TANTOS DIVÓRCIOS.
(ED HOWE)

O amor é uma espécie de liberdade que dois seres se concedem para se magoarem reciprocamente a propósito de nada. (Honoré de Balzac)

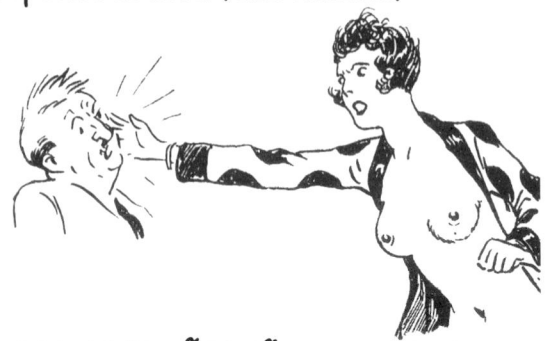

TODAS AS PAIXÕES SÃO EXAGERADAS. SE NÃO FOSSEM EXAGERADAS, NÃO SERIAM PAIXÕES.
(NICOLAS DE CHAMFORT)

Certas mulheres amam tanto seus maridos que, para não desgastá-los, usam os das amigas. (Alexandre Dumas, filho)

HOMEM E MULHER, MULHER E HOMEM... ISSO NUNCA VAI DAR CERTO.
(ERICA JONG)

Cuidado com as mulheres envelhecidas que nunca foram nada a não ser jovens.
(Charles Bukowski)

A felicidade é ter alguém a perder.
(Philippe Delerm)

Há sempre algo de ridículo nas moções da pessoa que deixamos de amar.
Mesmo no amor, é puramente uma questão de fisiologia. Os moços querem ser fiéis e não são; os velhos querem ser infiéis e não podem.
(Oscar Wilde)

O QUE É FEITO POR AMOR SEMPRE SE REALIZA PARA ALÉM DO BEM E DO MAL. (FRIEDRICH NIETZSCHE)

Quando o amor lhe fizer sinal, siga-o,
Apesar de seus caminhos serem abruptos e escarpados.
E quando ele o envolver com suas asas, ceda a ele,
Mesmo que a espada escondida em suas asas o fira.
(Khalil Gibran)

— EU TE AMAREI PARA SEMPRE — EU DISSE.
ELA SE VIROU PARA A PAREDE E DISSE APENAS:
— BASTA ME AMAR TODOS OS DIAS.
(DANIEL PENNAC)

SE A ALGUÉM CAUSA INDA PENA A TUA CHAGA, APEDREJA ESSA MÃO VIL QUE TE AFAGA, ESCARRA NESSA BOCA QUE TE BEIJA!

(AUGUSTO DOS ANJOS)

Aqueles que amam ou duvidam de tudo ou não duvidam de nada. (Honoré de Balzac)

Quando duas pessoas estão apaixonadas, uma exaltação quase patológica, a sociedade traz diante delas um padre e um juiz e exige que jurem que permanecerão o resto da vida nesse estado deprimente, anormal e exaustivo.
(George Bernard Shaw)

Ontem à noite eu disse para minha mulher:
– Ruth, você acredita que a paixão e o sexo acabaram pra nós?
Ela me respondeu:
– Depois da novela falamos sobre isso, tá?
(Milton Berle)

Choras? Para que lágrimas, querida?
Naturalmente o amor também se acaba,
como tudo se acaba nesta vida. (Artur Azevedo)

Às mulheres que querem ser iguais aos homens, falta ambição.
(Timothy Leary)

O dinheiro compra tudo, até amor verdadeiro.
(Nelson Rodrigues)

SE TODOS FÔSSEMOS **BISSEXUAIS,** DOBRARIAM NOSSAS CHANCES NOS SÁBADOS À NOITE. (WOODY ALLEN)

Despede teu pudor com a camisa
E deixa alada, louca, sem memória
Esta nudez nascida para a glória.
Sofrer do meu olhar que te heroíza.

(Paulo Mendes Campos)

Mulheres e elefantes nunca esquecem.

(Dorothy Parker)

O DIVÓRCIO É QUASE TÃO ANTIGO QUANTO O CASAMENTO. MAS EU ACHO QUE O CASAMENTO É ALGUMAS SEMANAS MAIS ANTIGO. (VOLTAIRE)

Na Inglaterra nada é feito
para as mulheres.
Nem os homens...

(Oscar Wilde)

PARA UM HOMEM APAIXONADO, TODA MULHER VALE O QUANTO ELA LHE CUSTA. (HONORÉ DE BALZAC)

Não procure o porquê, pois no amor não existe razão, nem explicação, nem solução. (Anaïs Nin)

NÃO SOU TÃO JOVEM PARA AMAR UMA MULHER SÓ POR CAUSA DE SEU ENCANTO, NEM TÃO VELHO PARA ME APAIXONAR POR ELA SEM MOTIVO.
(WILLIAM SHAKESPEARE)

> O AMOR É SEDE DEPOIS DE SE TER BEM BEBIDO. (GUIMARÃES ROSA)

A imaginação de uma senhora é muito rápida: pula da admiração para o amor e do amor para o matrimônio em um segundo. (Jane Austen)

Teu sorriso é imemorial como as pirâmides e puro como a flor que abriu na manhã de hoje!
(Mario Quintana)

Eu abri a porta ao meu amado, meu amado meteu a mão pela fresta e as minhas entranhas estremeceram.

Levantemo-nos de manhã para ir às vinhas, vejamos se as vinhas lançam flor, se as romãs já estão floridas: ali eu lhe darei meus seios.*

(Cântico dos Cânticos, Bíblia Sagrada)

Sou aquela que passa e ninguém vê...
sou a que chamam triste sem o ser...
Sou a que chora sem saber por quê...
Sou talvez a visão que alguém sonhou
Alguém que veio ao mundo pra me ver
E que nunca na vida me encontrou!
(Florbela Espanca)

QUANDO VOCÊ ENTENDER QUE A MAIORIA DOS **HOMENS** SÃO COMO **CRIANÇAS**, VOCÊ ENTENDEU TUDO. (COCO CHANEL)

* Adaptação de Millôr Fernandes, em *O homem do princípio ao fim*, L&PM Editores, 1978.

A AMIZADE É O AMOR, MAS SEM ASAS. (LORD BYRON)

OS MARIDOS DAS MULHERES QUE ADMIRAMOS SÃO SEMPRE UNS IDIOTAS.
(GEORGES FEYDEAU)

AMA O TEU PRÓXIMO. SE ELE FOR ALTO, MORENO E BONITÃO, SERÁ MAIS FÁCIL. (MAE WEST)

QUANDO SOU BOA, SOU BOA, MAS QUANDO SOU MÁ, SOU MELHOR AINDA. (MAE WEST)

SER MULHER É UMA TAREFA TERRIVELMENTE DIFÍCIL, UMA VEZ QUE CONSISTE BASICAMENTE EM LIDAR COM HOMENS. (JOSEPH CONRAD)

Quando se divorciar, não fique chateada... Fique com os bens. (Ivana Trump)

Você vê muitos caras inteligentes com mulheres burras; mas você quase não vê mulheres inteligentes com caras burros. (Erica Jong)

O AMOR É UMA BOBAGEM FEITA A DOIS.
(NAPOLEÃO BONAPARTE)

UMA em cada DEZ mulheres reconhece que seu marido segue sendo o mesmo homem com quem ela se casou. **NOVE entre DEZ** dizem que ele mudou. **UMA em TRÊS mulheres** diz que ele mudou para pior. (Pesquisa do Gallup Institute, *The Woman's Mind*)

O CASAMENTO É UMA TRAGÉDIA EM DOIS ATOS: UM CIVIL E UM RELIGIOSO. (BARÃO DE ITARARÉ)

NENHUM HOMEM RICO É FEIO.
(ZSA ZSA GABOR)

O AMOR É COMO A GRIPE, SE PEGA NA RUA E ACABA NA CAMA. (ANÔNIMO FRANCÊS)

Se julgarmos o amor pela maior parte de seus efeitos, ele mais se parecerá com o ódio do que com a amizade.
(La Rochefoucauld)

O AMOR ABRE O PARÊNTESE E O MATRIMÔNIO ENCERRA.
(VICTOR HUGO)

O PRAZER DAS BRIGAS É FAZER AS PAZES
(ALFRED DE MUSSET)

Casar significa fazer todo o possível para tornar-se objeto de uma aversão recíproca. (Arthur Schopenhauer)

SOMOS FEITOS DE CARNE, MAS TEMOS QUE VIVER COMO SE FÔSSEMOS DE FERRO.

(SIGMUND FREUD)

Eu esperava numa esquina pelo meu *blind date*. Quando passou uma garota, perguntei: "Você é a Laura?". Ela disse: "Você é o Richard?". Eu disse: "Sim!". Ela disse: "Eu não sou a Laura".

(Grafite em um muro de Nova York)

EU AMO DOIS TIPOS DE HOMENS: OS DO MEU PAÍS E OS ESTRANGEIROS. (MAE WEST)

NÃO HÁ ESPAÇO PARA SOGRAS NO CORAÇÃO DOS GENROS. (DOSTOIÉVSKI)

Quando penso em você, que viagem!
Me vem poesia e SEXO SELVAGEM.
(Pedro Mantiqueira)

A. Varenne

Depois?
Depois o café esfria
Depois a prioridade muda
Depois o encanto se perde
Depois o cedo fica tarde
Depois a saudade passa...

(Anônimo)

CONFIE NO SEU MARIDO, ADORE O SEU MARIDO, MAS COLOQUE O MÁXIMO POSSÍVEL DE BENS EM SEU NOME. (JOAN RIVERS)

AS MULHERES SERÃO SEMPRE UM PERIGO PARA TODOS OS PARAÍSOS.
(PAUL CLAUDEL)

É lamentável a desobediência universal e inoportuna desse membro que distende, fica ereto quando não queremos que fique e que nos decepciona quando mais precisamos dele... (Montaigne)

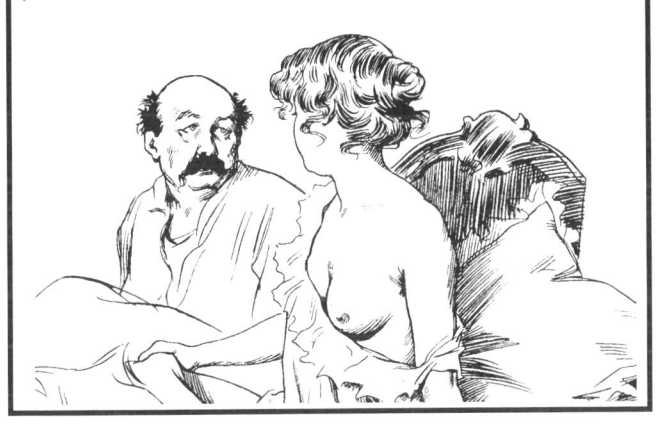

OS APAIXONADOS CHEGAM SEMPRE ANTES DA HORA.
(WILLIAM SHAKESPEARE)

QUANDO NÃO SE AMA EXAGERADAMENTE, NÃO SE AMA O SUFICIENTE.
(ROGER DE BUSSY-RABUTIN)

AMOR? PALAVRAS ANTES, PALAVRINHAS DURANTE, PALAVRÕES DEPOIS. (É. PAILLERON)

Eu quero amar, amar perdidamente!
Amar só por amar: aqui, além...
mais este e aquele, o outro e toda a gente...
Amar! Amar! E não amar ninguém!
(Florbela Espanca)

A gente ama alguém pelo que não é e deixamos de amar pelo que é. **(Serge Gainsbourg)**

Eu durmo sob a tua pele,
Só tu sabes... (Emmanuelle Riva)

O ciúme é um monstro gerado por si mesmo que nasce sem causa. (Shakespeare)

O AMOR É UM GRAVE DISTÚRBIO MENTAL.
(PLATÃO)

Eu gosto do corpo do homem. É melhor desenhado do que o seu cérebro.
(Andrea Newman)

A MULHER DE TRINTA ANOS *pode fazer-se jovem, representar todos os papéis, até tornar-se bela com uma infelicidade. A jovem apenas sabe gemer. Entre as duas há a incomensurável diferença entre o previsto e o imprevisto, a força e a fraqueza.* (Honoré de Balzac)

A jovem acredita ter dito tudo quando tirou o vestido; já a MULHER DE TRINTA ANOS *tem incontáveis atrativos e oculta-se sob mil véus. Ela acalenta todas as vaidades, enquanto a noviça oculta apenas uma.* (Honoré de Balzac)

> Obrigada, adorei cada centímetro. (Mae West)

NADA MELHOR PARA A SAÚDE DO QUE UM AMOR CORRESPONDIDO. (VINICIUS DE MORAES)

TODOS OS HOMENS SÃO CHACAIS. POR ISSO VOCÊ PRECISA TER UM PARA PROTEGÊ-LA DO RESTO.
(MARLENE DIETRICH)

Uma mulher de trinta anos é uma de vinte anos que não tem quarenta.
(Philippe Labro)

NÃO HÁ NADA QUE SE COMPARE AO CARINHO DE UMA MULHER CASADA. É UMA COISA QUE NENHUM MARIDO TEM A MENOR IDEIA. (OSCAR WILDE)

AMOR É O VENENO SERVIDO EM VASO DOURADO.
(CALDERÓN DE LA BARCA)

Sexo é o único espetáculo que não é cancelado por falta de luz. (Laurence J. Peter)

POR QUE OS CÃES SÃO MELHORES QUE OS HOMENS? CÃES ENTENDEM O QUE SIGNIFICA A PALAVRA "NÃO". (AMANDA NEWMAN)

NÃO EXISTE VINGANÇA MAIOR QUE O ESQUECIMENTO. (BALTASAR GRACIÁN)

Na Inglaterra, um homem acusado de bigamia foi salvo por seu advogado que provou que seu cliente tinha três mulheres.
(Georg Christoph Lichtenberg)

Pessoalmente nada sei sobre sexo. Sempre fui uma mulher casada.

(Zsa Zsa Gabor)

ESTOU APAIXONADA... ESTE CARA É TÃO DOCE QUE ATÉ ME BEIJOU ANTES DE FAZERMOS AMOR.
(LAURA KIGHTLINGER)

Se o amor é cego, por que a maioria dos homens são atraídos só por mulheres lindas? (Beverly Mickins)

Gusave Doré

O MAIOR CASTIGO PARA O HOMEM CASADO É QUE A MULHER ACABA FICANDO PARECIDA COM A SOGRA.
(OSCAR WILDE)

> Não há pequenos acontecimentos para o coração. Ele aumenta tudo: põe na mesma balança a queda de um império e a queda de uma luva de mulher. (Honoré de Balzac)

TODA MULHER INTELIGENTE SABE QUE O CAMINHO MAIS CURTO PARA ATINGIR O CORAÇÃO DE UM HOMEM É ATRAVÉS DO SEU EGO. (ANÔNIMO)

NÓS TÍNHAMOS PELO MENOS UMA COISA EM COMUM: **EU O AMAVA** E **ELE SE AMAVA**.
(SHELLEY WINTERS)

O homem que adivinha corretamente a idade de uma mulher – e diz – pode até ser inteligente, mas não é esperto.
(Linda Ellerbee)

Se o homem manda flores para sua mulher sem nenhuma razão – há uma razão. (Molly Mcgee)

É tão absurdo dizer que um homem não pode amar a mesma mulher toda a vida quanto dizer que um violinista precisa de vários violinos para tocar uma sinfonia.
(Honoré de Balzac)

A sra. Smith diz que pode saber exatamente quando o seu marido está mentindo. É quando ele move os lábios.
(Amanda Newman)

A ÚNICA COISA QUE ME IMPEDE DE SER FELIZ NO CASAMENTO... É O MEU MARIDO. (ANDREA DOUGLAS)

O dinheiro, o poder e a glória

Millôr disse:

BRASIL, O PAÍS DO FATURO.

Acabar com a corrupção é o objetivo supremo de quem não chegou ao poder.

O SER HUMANO É INVIÁVEL.

Um homem nunca atinge altura maior do que a sua falta de caráter.

OS CORRUPTOS SÃO ENCONTRADOS EM TODAS AS PARTES DO MUNDO, QUASE TODAS NO BRASIL.

A corrupção anda tão generalizada que já tem político ofendido ao ser chamado de incorruptível.

NAS NOITES DE BRASÍLIA, CHEIAS DE MORDOMIA, TODOS OS GASTOS SÃO PARDOS.

Millôr Fernandes

> Quando os juízes roubam, dão licença aos ladrões para roubar.

> Palavras não pagam dívidas.

(William Shakespeare)

SOMOS ROUBADOS NA BOLSA COMO SOMOS MORTOS NA GUERRA: POR GENTE QUE NÃO ENXERGAMOS. (ALFRED CAPUS)

Mirabeau é capaz de tudo por dinheiro... até de uma boa ação. (Antoine Rivarol)

JÁ FUI RICA E JÁ FUI POBRE... ACREDITE: SER RICA É MUITO MELHOR. (SOPHIE TUCKER)

A nossa felicidade depende mais do que temos em nossa cabeça do que em nossos bolsos.
(Arthur Schopenhauer)

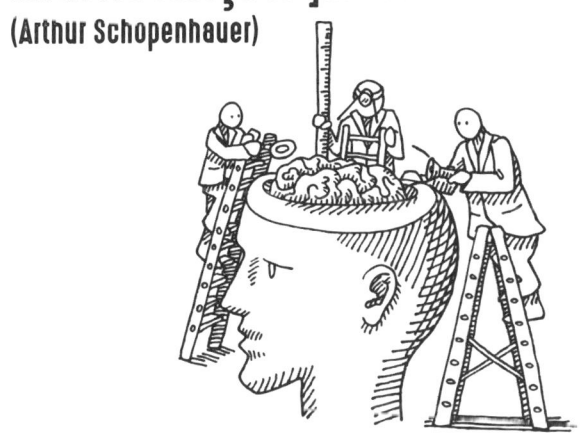

Se você quer saber o valor do dinheiro, basta emprestá-lo.
(Benjamin Franklin)

HÁ DUAS COISAS COM AS QUAIS PRECISAMOS NOS ACOSTUMAR PARA NÃO ACHARMOS A VIDA INSUPORTÁVEL: AS INJÚRIAS DO TEMPO E AS INJUSTIÇAS DOS HOMENS. (NICOLAS DE CHAMFORT)

O dinheiro não é a raiz de todo o mal. A falta dele, sim. (Mark Twain)

Se você quer que um criminoso pague... torne-se um advogado. (Will Rogers)

O ADVOGADO É UM CAVALHEIRO QUE PÕE OS NOSSOS BENS A SALVO DE NOSSOS INIMIGOS E OS GUARDA PARA SI.
(HENRY PETER BROUGHAM)

O QUE O DINHEIRO FAZ POR NÓS NÃO COMPENSA O QUE FAZEMOS POR ELE. (GUSTAVE FLAUBERT)

O OURO NÃO PERTENCE AO AVARO; É O AVARO QUE PERTENCE AO SEU OURO. (PROVÉRBIO CHINÊS)

QUANDO EU ERA JOVEM, ACHAVA QUE O DINHEIRO ERA O QUE HAVIA DE MAIS IMPORTANTE NA VIDA. AGORA EU TENHO CERTEZA.
(OSCAR WILDE)

Devemos livrar-nos da prisão dos negócios cotidianos e públicos. (Epicuro)

Lênin disse que a melhor forma de destruir o sistema capitalista era corrompendo o dinheiro. Ele estava certo. Por um processo contínuo de inflação os governos podem confiscar, sem ser flagrados, uma parte importante da riqueza dos cidadãos. (John Maynard Keynes)

As leis são as teias de aranha pelas quais as moscas grandes passam e as pequenas ficam presas.
(Honoré de Balzac)

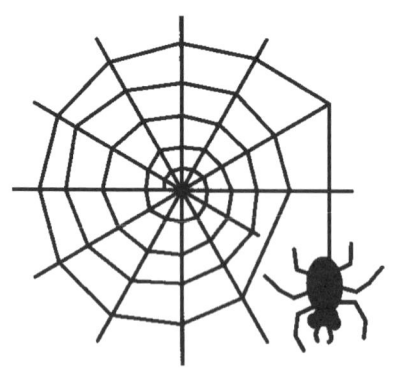

O PRIMEIRO ERRO QUE SE COMETE NA POLÍTICA É ENTRAR NELA. (BENJAMIN FRANKLIN)

JUSTIÇA SEM FORÇA, E FORÇA SEM JUSTIÇA. ESTAS SÃO AS PIORES DESGRAÇAS! (JOSEPH JOUBERT)

O BEM SE FAZ AOS POUCOS.
O MAL, DE UMA VEZ SÓ.
(MAQUIAVEL)

A RIQUEZA TORNA TUDO SUPORTÁVEL, AO PASSO QUE NÃO HÁ FELICIDADE QUE A MISÉRIA NÃO DESTRUA. (HONORÉ DE BALZAC)

NA FRANÇA O DINHEIRO É UM PECADO MUITO FEIO. É POR ISSO QUE OS FRANCESES CADA VEZ MAIS VÃO SE **CONFESSAR NA SUÍÇA.** (JACQUES MAILHOT)

Cada vez que indico alguém para um cargo, crio dez inimigos e um ingrato. (Molière)

As joias são a última coisa que se compra e a primeira que se vende.
(Provérbio chinês)

COM DINHEIRO NO BOLSO, VOCÊ É ESPERTO, BONITO E CANTA BEM. (PROVÉRBIO JUDAICO)

Gustave Doré

O FRACASSO É UMA EXCELENTE OPORTUNIDADE DE RECOMEÇAR, DESTA VEZ COM INTELIGÊNCIA.
(HENRY FORD)

Gustave Doré

SE VOCÊ QUER FICAR RICO, ACORDE CEDO, TRABALHE MUITO E ENCONTRE PETRÓLEO.

(JEAN PAUL GETTY)

A MALDIÇÃO DO DINHEIRO É O DEVER DE CONVIVER COM OS RICOS. (LOGAN PEARSALL)

NOS BANQUEIROS, O CORAÇÃO NÃO É NADA MAIS DO QUE UMA VÍSCERA. (HONORÉ DE BALZAC)

Não sei por que as mulheres precisam tanto de dinheiro. Em geral, elas não bebem, não jogam e... não têm mulheres.
(Jean Rigaux)

O PODER DEIXA MALUCO. O PODER ABSOLUTO DEIXA COMPLETAMENTE LOUCO.
(JOHN DALBERG-ACTON)

NÃO SUPERESTIME O DINHEIRO; ELE É UM BOM SERVIÇAL E UM PÉSSIMO MESTRE. (ALEXANDRE DUMAS)

A **CARIDADE** DO POBRE É QUERER BEM AO RICO.
(ANATOLE FRANCE)

A necessidade nunca fez bons negócios.
(Benjamin Franklin)

A SORTE SEMPRE ENCONTRA AQUELES QUE SABEM USÁ-LA.
(ROMAIN ROLLAND)

UM IDIOTA POBRE É UM IDIOTA, UM IDIOTA RICO É UM RICO.
(PAUL LAFFITTE)

É MUITO DIFÍCIL TORNAR COMPATÍVEL A POLÍTICA E A MORAL.
(FRANCIS BACON)

> É sempre mais fácil para um regime vender automóveis aos pobres do que elevar seu nível de vida, dar-lhes trabalho, escolas, moradia. (Jean-Paul Sartre)

O dinheiro não faz a felicidade... de quem o emprestou. (Pierre Perret)

NA VIDA, É PRECISO ESCOLHER: GANHAR DINHEIRO OU GASTAR. NÃO HÁ TEMPO PARA FAZER OS DOIS. (ÉDOUARD BOURDET)

O AVARENTO É AQUELE QUE VIVE COMO MISERÁVEL PARA MORRER RICO. (MOLIÈRE)

DIZEM QUE O DINHEIRO FALA, MAS BOM MESMO É O DÓLAR, QUE FALA VÁRIAS LÍNGUAS.
(MILLÔR FERNANDES)

O PODER É, PELA SUA NATUREZA, CRIMINOSO. (MARQUÊS DE SADE)

O BANQUEIRO É AQUELE QUE LHE EMPRESTA O GUARDA-CHUVA QUANDO O SOL BRILHA E TIRA QUANDO COMEÇA A CHOVER. (MARK TWAIN)

Verdades & mentiras
ou
a vida como ela é

A HIPOCRISIA É UMA HOMENAGEM QUE O VÍCIO PRESTA À VIRTUDE.
(LA ROCHEFOUCAULD)

Nunca se mente tanto quanto antes das eleições, durante a guerra e depois da pescaria.
(Georges Clemenceau)

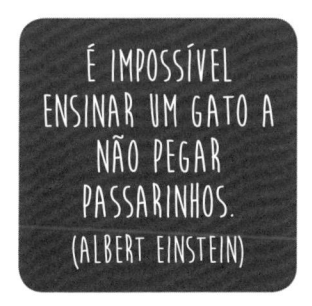

É IMPOSSÍVEL ENSINAR UM GATO A NÃO PEGAR PASSARINHOS.
(ALBERT EINSTEIN)

O SILÊNCIO É UM AMIGO QUE NUNCA TRAI.
(PROVÉRBIO CHINÊS)

Shakespeare não existiu. Todas aquelas peças foram escritas por um desconhecido que, naquela época, se chamava Shakespeare...

(Alphonse Allais)

Os ingleses conquistaram o mundo porque não aguentavam a própria cozinha.

(Anônimo francês)

SE VOCÊ NÃO CONTAR A VERDADE SOBRE SI MESMO, NÃO PODERÁ CONTAR A VERDADE SOBRE AS OUTRAS PESSOAS. (VIRGINIA WOOLF)

Você é você / E eu sou eu / Tentamos misturar / E veja no que deu...

(Millôr Fernandes)

Há quatro idades na vida de um homem:
- Quando ele acredita em Papai Noel.
- Quando ele não acredita mais em Papai Noel.
- Quando ele é o Papai Noel.
- Quando ele parece o Papai Noel.

(Anônimo)

SE ISTO FOR UM CAFÉ, POR GENTILEZA, ME TRAGA UM CHÁ; MAS SE ISTO FOR UM CHÁ, POR FAVOR, ME TRAGA UM CAFÉ.

(ABRAHAM LINCOLN)

- VOCÊ VAI MATAR SEU PAI E A MIM DE DESGOSTO...
- MELHOR. ASSIM NINGUÉM VAI ACHAR A ARMA DO CRIME.

(MICHEL AUDIARD)

PAR DÉLICATESSE J'AI PERDU MA VIE.*

(Arthur Rimbaud)

Sorri com tranquilidade
se alguém te calunia.
Quem sabe o que não seria
se ele dissesse a verdade.

(Mario Quintana)

UMA ILUSÃO A MENOS É UMA VERDADE A MAIS.
(Alexandre Dumas, filho)

Uma vez eliminado o impossível, o que resta, por mais improvável que seja, deve ser a verdade.

(Arthur Conan Doyle)

---

* Por delicadeza, perdi minha vida.

QUANDO COMEÇA A GUERRA A PRIMEIRA VÍTIMA É A VERDADE. (BOAKE CARTER)

Dois judeus se encontram numa estação de trem na Galícia.
- Para onde vais? - pergunta o primeiro.
- Para Cracóvia - responde o segundo.
- Olha só como és mentiroso - exclama o primeiro. - Tu dizes que vais para Cracóvia para que eu pense que vais para Lemberg. Mas eu sei muito bem que tu vais verdadeiramente para Cracóvia. Então, pra que mentir?

(Sigmund Freud em "Os chistes e sua relação com o inconsciente")

Falar é uma necessidade, escutar é uma arte.
(Johann Wolfgang von Goethe)

ESCONDE AS APARÊNCIAS, O MUNDO ACREDITARÁ NO RESTO.
(Winston Churchill)

O diplomata indagou:
— O tabaco lhe incomoda, princesa?
— Ignoro, embaixador. Até hoje, ninguém ousou fumar na minha presença.

(Princesa de Metternich)

> UM POUCO DE SINCERIDADE PODE SER MUITO PERIGOSO, MUITA SINCERIDADE É TOTALMENTE FATAL.
>
> (OSCAR WILDE)

A ABSTINÊNCIA É UMA BOA COISA DESDE QUE PRATICADA COM MODERAÇÃO.
(PROVÉRBIO IRLANDÊS)

A MELANCOLIA É UMA DOENÇA QUE CONSISTE EM VER AS COISAS EXATAMENTE COMO ELAS SÃO.

(GÉRARD DE NERVAL)

É BOM FALAR, MAS É MELHOR CALAR-SE.
(La Fontaine)

UM HOMEM QUE FALA UM IDIOMA QUE NÃO É O SEU, SEM SOTAQUE, OU É UM ESPIÃO OU NÃO TEM CARÁTER.

(Graham Greene)

Bebi uma garrafa de champagne, o que sobrou de um bourbon Old Grand-Dad e comecei um vinho tinto, sempre comendo queijo Limburger e bolachinhas. (...) Me senti esquisito nas 24 horas seguintes. Esse tipo de vida pode resultar, no entanto, pouco saudável, a longo prazo.

(Edmund Wilson)

QUANTO MAIS EU TREINO, MAIS SORTE EU TENHO. (TIGER WOODS)

O GRANDE ACONTECIMENTO DO SÉCULO FOI A ASCENSÃO ESPANTOSA E FULMINANTE DO IDIOTA. (NELSON RODRIGUES)

Todos os provérbios se contradizem entre si. (Georges Simenon)

As quatro idades do homem são: a infância, a adolescência, a juventude e a obsolescência. (Art Linkletter)

O ÁLCOOL É UM INIMIGO. E QUEM FOGE DO INIMIGO É UM COVARDE. (ANÔNIMO)

A ROSA SÓ TEM ESPINHOS PARA QUEM QUER COLHÊ-LA. (PROVÉRBIO CHINÊS)

Inteligência significa não cometer duas vezes o mesmo erro. (Anônimo)

A melhor maneira de começar uma amizade é com uma boa gargalhada. De terminar com ela, também. (Oscar Wilde)

NA FILADÉLFIA, OS BARES FECHAM SÁBADO À MEIA-NOITE E ABREM DOMINGO À MEIA-NOITE E UM MINUTO. (W. C. FIELDS)

Temos que acreditar na sorte. Sem ela, como vamos explicar o sucesso das pessoas que nós não gostamos? (Jean Cocteau)

Não há fatos eternos, como não há VERDADES absolutas. (Friedrich Nietzsche)

Querida, escrevo para te contar que meu marido acaba de ser eleito o "Homem do ano". Assim, tens uma ideia de que espécie de ano tivemos... (Anônima)

HÁ DUAS OCASIÕES NA VIDA EM QUE O HOMEM NÃO DEVERIA JOGAR: QUANDO NÃO TEM DINHEIRO E QUANDO TEM. (MARK TWAIN)

90% DO SUCESSO SE BASEIA SIMPLESMENTE EM INSISTIR.

(WOODY ALLEN)

CORAGEM: A ARTE DE TER MEDO, SEM DEMONSTRAR. (PIERRE VÉRON)

O PESSIMISTA VÊ DIFICULDADE EM CADA OPORTUNIDADE. O OTIMISTA VÊ OPORTUNIDADE EM CADA DIFICULDADE.
(WINSTON CHURCHILL)

Um bilhete de **GEORGE BERNARD SHAW** para **WINSTON CHURCHILL**:

"Caro Winston, estou enviando duas entradas para a estreia da minha nova peça: uma para você e outra para um amigo, se tiver."

A resposta de Churchill:

"Caro Bernard, não poderei comparecer à primeira noite; mas certamente irei na segunda, se houver."

Todos esses que aí estão
Atravancando meu caminho,
Eles passarão...
Eu passarinho!
(Mario Quintana)

Geralmente aqueles que sabem pouco falam muito, e aqueles que sabem muito falam pouco.

(Jean-Jacques Rousseau)

QUANDO ACABARAM OS COMBATES DE GLADIADORES, OS CRISTÃOS INSTITUÍRAM A VIDA CONJUGAL.

(GUIDO CERONETTI)

A Inglaterra não tem nada contra a Europa. É dos italianos, dos alemães e dos franceses que nós não gostamos. (*The Guardian*)

Ah! Esses ingleses...

Quando eu cheguei na Grã-Bretanha, há muito tempo, os ingleses eram grandes, magros e tristes. Já, atualmente, eles são grandes, magros e tristes.

(George Mikes)

NA INGLATERRA TEMOS DUAS DISTRAÇÕES: O VÍCIO E A RELIGIÃO. (SIDNEY SMITH)

A Inglaterra tem 8 meses de inverno e 4 meses de chuva. (Anônimo)

É POSSÍVEL, SIM, FAZER TRÊS REFEIÇÕES DECENTES NA INGLATERRA. BASTA PEDIR O BREAKFAST TRÊS VEZES POR DIA. (W. SOMERSET MAUGHAM)

A CORTESIA É UMA MOEDA QUE NÃO ENRIQUECE AQUELE QUE A RECEBE, MAS AQUELE QUE A DÁ. (PROVÉRBIO PERSA)

O PESSIMISTA É UM TIPO QUE CONVIVEU TEMPO DEMAIS COM OS OTIMISTAS. (ROBERT BEAUVAIS)

FAÇA O MÁXIMO DO MELHOR E O MÍNIMO DO PIOR.
(ROBERT LOUIS STEVENSON)

ALCOÓLATRA É ALGUÉM QUE VOCÊ NÃO GOSTA, MAS QUE BEBE TANTO QUANTO VOCÊ. (ANÔNIMO)

> Devemos trazer nossa própria luz à escuridão. Ninguém fará isso por nós.
> (Charles Bukowski)

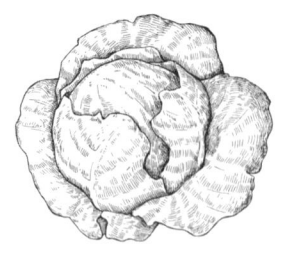

Comecei uma dieta, cortei a bebida e alguns pratos e, em catorze dias, perdi duas semanas.

(Joe E. Lewis)

A POPULARIDADE É A GLÓRIA A VAREJO.
(VICTOR HUGO)

Só se pode falar mal das pessoas que se conhece bem.
(Honoré de Balzac)

NADA SECA MAIS RAPIDAMENTE DO QUE UMA LÁGRIMA. (CÍCERO)

> Viver no exterior é bom, mas é uma merda. Viver no Brasil é uma merda, mas é bom. (Tom Jobim)

A BOSTA DE VACA É MAIS ÚTIL QUE OS DOGMAS. PODEMOS FAZER ADUBO COM ELA.
(MAO TSÉ-TUNG)

> POR SER DE MINHA TERRA É QUE SOU RICO. POR SER DE MINHA GENTE É QUE SOU NOBRE.
> (OLAVO BILAC)

O MOTORISTA É A PEÇA MAIS PERIGOSA DO AUTOMÓVEL. (LÉO CAMPION)

IDIOTA MESMO É UM SUJEITO QUE, OUVINDO UMA HISTÓRIA COM DUPLO SENTIDO, NÃO ENTENDE NENHUM DOS DOIS.
(MILLÔR FERNANDES)

Falo espanhol com Deus, italiano com as mulheres, francês com os homens e alemão com os cavalos. (Carlos V)

É DIFÍCIL PARA UM HOMEM DE GÊNIO SER SOCIÁVEL. QUE DIÁLOGO PODERIA SER TÃO INTELIGENTE E DIVERTIDO QUANTO SEUS PRÓPRIOS MONÓLOGOS? (ARTHUR SCHOPENHAUER)

A falsidade sempre tem boa aparência. (William Shakespeare)

Depois que a sorte abandona os homens, tudo os deixa. (Cristina da Suécia)

O APERITIVO É A PRECE NOTURNA DOS FRANCESES. (PAUL MORAND)

FALAR NÃO FAZ O ARROZ COZINHAR.
(PROVÉRBIO CHINÊS)

> O segredo de desagradar é dizer tudo. (Voltaire)

O HÁBITO, ESTE DEMÔNIO QUE DEVORA TODOS OS SENTIMENTOS.
(William Shakespeare)

O homem nunca é ele mesmo quando fala de si próprio. Dê-lhe uma máscara e ele dirá a verdade. (Oscar Wilde)

O mundo é redondo, mas está ficando muito chato. (Barão de Itararé)

(In)felicidade, beleza
& outras coisas boas (e más) da vida

INFELIZMENTE SÓ POSSO COMPRAR O QUE ESTÁ À VENDA, SENÃO HÁ MUITO TEMPO TERIA COMPRADO UM POUCO DE FELICIDADE.

(JEAN PAUL GETTY)

Um homem que só bebe água tem um segredo a esconder.
(Charles Baudelaire)

— Como foi o jantar na casa da Marquesa? — perguntou o Barão.

— Ora... se a sopa estivesse tão quente quanto o vinho, o vinho fosse tão velho quanto o pato e o pato tão gordo quanto a Marquesa, teria sido um bom jantar.

(Anônimo francês)

– Por que você bebe? – perguntou o Pequeno Príncipe.
– Para esquecer – respondeu o bêbado.
– Esquecer o quê?
– Para esquecer que eu tenho vergonha.
– Vergonha do quê?
– Vergonha de beber!

(Adaptado de *O pequeno príncipe*, de Antoine de Saint-Exupéry)

Felicidade é uma boa conta num banco, uma boa cozinheira e uma boa digestão.

(Jean-Jacques Rousseau)

Ainda estou para conhecer o homem que tenha tanta afeição pela virtude como pela beleza feminina. (Confúcio)

A BELEZA É UMA BREVE TIRANIA.
(ZENO)

NÃO É O JOVEM QUE DEVE SER CONSIDERADO UMA CRIATURA DE SORTE, E SIM O VELHO, POIS O JOVEM (...) VAI PARA LÁ E PARA CÁ AO SABOR DO ACASO, HESITANDO EM SUAS CRENÇAS, AO PASSO QUE O VELHO ATRACOU NO PORTO, JÁ TENDO GARANTIDO PARA SI A VERDADEIRA FELICIDADE. (EPICURO)

Temos a idade do nosso humor. (Catherine Rambert)

SE O FLUMINENSE JOGASSE NO CÉU, EU MORRERIA PARA VÊ-LO JOGAR.
(NELSON RODRIGUES)

ELE NASCEU IDIOTA E COM O TEMPO RECEBEU UM REFORÇO. (RENÉ BAER)

Não peça para que as coisas aconteçam da maneira que você quer. Deixe que aconteçam da maneira como devem acontecer e você será feliz. (Epiteto)

É INÚTIL SACAR A ESPADA PARA CORTAR A ÁGUA; A ÁGUA CONTINUARÁ CORRENDO. (LI BAI)

Não temos o direito de consumir a felicidade sem produzi-la.
(George Bernard Shaw)

Se minha casa pegar fogo, entre o Velázquez e o meu gato, eu salvo o gato. (Alberto Giacometti)

> SER FELIZ É TER UMA SAÚDE BOA E UMA MEMÓRIA RUIM.
> (INGRID BERGMAN)

FELICIDADE É A ÚNICA COISA QUE PODEMOS DAR SEM POSSUIR. (VOLTAIRE)

A felicidade é uma recompensa que é dada àqueles que não a procuraram. (Alain)

FOBIA É MEDO COM Ph.D.
(Millôr Fernandes)

A INDECISÃO É O PIOR DOS MALES.
(RENÉ DESCARTES)

> Um homem é um sucesso se pula da cama de manhã e vai dormir à noite, e nesse meio-tempo faz o que gosta.
> (Bob Dylan)

GASTRONOMIA É COMER OLHANDO PARA O CÉU.
(MILLÔR FERNANDES)

A BELEZA ATRAI OS LADRÕES, MAIS DO QUE O OURO.
(WILLIAM SHAKESPEARE)

O vinho é como o homem: não se saberá nunca até que ponto podemos amá-lo ou odiá-lo; nem de que atos sublimes ou perversidades monstruosas é capaz. (Charles Baudelaire)

Fala CHARLIE BROWN! by Schulz

A vida é como um sorvete de casquinha, você tem que aprender a equilibrá-la.

EU PERCEBI QUE, QUANDO VOCÊ TENTA BATER EM ALGUÉM, EXISTE A TENDÊNCIA DE ESSA PESSOA BATER EM VOCÊ DE VOLTA.

Dizem que os opostos se atraem... Ela é o máximo e eu sou um nada... Dá pra ser mais oposto do que isso?

É uma perda de tempo ficar na frente de uma caixa de correio esperando uma carta de amor... Não adianta nada... acredite em mim, eu sou um especialista!

Charles M. Schulz, *A vida segundo Peanuts* (L&PM, 2011).

Pois não são os **banquetes** e as **festas** constantes, nem os gozos que encontramos com **garotos** e **mulheres**, não mais que os peixes e todos os alimentos de uma mesa farta que produzem uma vida de **prazer**, mas o pensamento sóbrio que busca as causas das nossas escolhas e afasta de nós as ações que repudiamos. (Epicuro)

Ser feliz, portanto, é ter o julgamento reto; ser feliz é contentar-se com seu destino, seja ele qual for, e amar o que se tem. (Sêneca)

O SÁBIO PERSEGUE A AUSÊNCIA DE DOR, E NÃO O PRAZER. (ARISTÓTELES)

Nunca somos nem tão felizes nem tão infelizes quanto pensamos.
(La Rochefoucauld)

VISTO QUE RECEBESTE TUDO
DÁ, DÁ, DÁ,
DÁ ÀQUELES QUE ESTÃO PERDIDOS,
ÀQUELES QUE ESTÃO NUS. (BORIS VIAN)

Por mais seguro e firme que sejas, cuida
para não causares dano a ninguém;
Que ninguém precise sofrer o peso de tua cólera.
Se o desejo de paz eterna existe dentro de ti,
sofre sozinho, sem que possam, ó vítima,
chamar-te de algoz.

(Omar Khayyam)

Há momentos em que é preciso escolher entre viver a própria vida de maneira plena, inteira, completa, ou prolongar a existência degradante, vazia e falsa que o mundo, em sua hipocrisia, nos impõe. (Oscar Wilde)

UM MOMENTO DE FELICIDADE VALE MAIS DO QUE MIL ANOS DE CELEBRIDADE. (VOLTAIRE)

A NOITE MAIS ESCURA SEMPRE TEM UM FIM LUMINOSO.
(POETA ANÔNIMO PERSA)

O verão vem. Mas ele só vem para os que sabem esperar, tranquilos e abertos como se tivessem a eternidade diante de si. Aprendo isso todos os dias, ao preço de sofrimentos que abençoo: paciência é tudo. (Rainer Maria Rilke)

SONO, ESSA DEPLORÁVEL REDUÇÃO DO PRAZER DA VIDA. (VIRGINIA WOOLF)

A FELICIDADE É SAUDÁVEL PARA O CORPO, MAS É A TRISTEZA QUE DESENVOLVE AS FORÇAS DO ESPÍRITO.
(MARCEL PROUST)

A SAÚDE ACIMA DE TUDO É TÃO MAIS IMPORTANTE QUE OS BENS EXTERIORES QUE, NA VERDADE, UM MENDIGO SAUDÁVEL É MAIS FELIZ QUE UM REI DOENTE.
(ARTHUR SCHOPENHAUER)

Ivan Pinheiro Machado

A MAIOR FELICIDADE É QUANDO A PESSOA SABE POR QUE É INFELIZ. (FIÓDOR DOSTOIÉVSKI)

Ninguém restaurará os teus anos, ninguém te devolverá a ti mesmo uma segunda vez. (Sêneca)

Amigos, fama & afins

EXISTEM TRÊS TIPOS DE AMIGOS: AQUELES QUE, COMO O ALIMENTO, NÃO PODEMOS PASSAR SEM; AQUELES QUE, COMO UM REMÉDIO, PRECISAMOS DE VEZ EM QUANDO; E AQUELES QUE, COMO UMA DOENÇA, NÃO QUEREMOS VER DE JEITO NENHUM. (SOLOMON IBN GABIROL)

NO FUTURO, TODOS TERÃO SEUS 15 MINUTOS DE FAMA. (ANDY WARHOL)

Meus verdadeiros amigos sempre me deram uma prova suprema de seus sentimentos: uma aversão imediata pelos homens que amei.

(Colette)

De todas as coisas que nos oferece a sabedoria para a felicidade de toda a vida, a maior de todas é ter amigos.

(Epicuro)

TRATE SEUS AMIGOS COMO SEUS QUADROS: COLOQUE-OS SEMPRE NA LUZ MAIS FAVORÁVEL. (JENNIE J. CHURCHILL)

Celebridade é aquela pessoa conhecida por ser muito conhecida. (Daniel J. Boorstin)

> Não tenho sorte; se eu ficasse célebre, ninguém ficaria sabendo.
> (Pierre Étaix)

> O SÉCULO ESTÁ PASSANDO MUITO RÁPIDO. AS PESSOAS FICAM CÉLEBRES ANTES DE SEREM CONHECIDAS...
> (ALEXANDRE VIALATTE)

A vida sem um amigo é a morte sem testemunha.
(George Herbert)

> O SEGREDO DO ÊXITO É A SINCERIDADE E A HONESTIDADE. SE CONSEGUIRES SIMULAR ISSO, VAIS TE DAR BEM.
> (GROUCHO MARX)

Não há deserto mais terrível do que o de viver sem amigos. A amizade multiplica os bens e compartilha os males. É o único remédio contra a má sorte; é o respiradouro por onde a alma se alivia.
(Jean de La Bruyère)

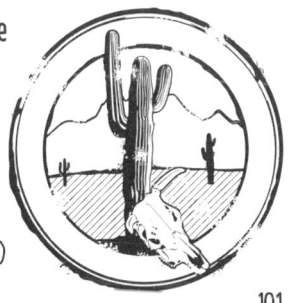

QUEM NÃO ESTÁ COMIGO, ESTÁ CONTRA MIM.

(*Bíblia Sagrada*, Mt 12:30 e Lc 11:23)

Não pode ser meu amigo o inimigo do meu amigo. (São João Crisóstomo)

- - -

Que haja riso na doçura da amizade e um compartilhamento de prazeres. Pois é no orvalho das coisas modestas que o coração encontra sua manhã e seu frescor.

(Khalil Gibran)

- - -

SEI QUE OS BRAÇOS DA AMIZADE SÃO LONGOS O BASTANTE PARA DAR A VOLTA NO MUNDO INTEIRO.

(MONTAIGNE)

Amigo é como ar-condicionado, só falha quando a gente precisa. (Anônimo)

A AMIZADE É MAIS DOCE DO QUE A ÁGUA E MAIS NECESSÁRIA DO QUE O FOGO. (MONTAIGNE)

MINHA CELEBRIDADE PERMITE QUE EU SEJA INSULTADO EM LUGARES ONDE NENHUM NEGRO TEM A ESPERANÇA DE SER INSULTADO. (SAMMY DAVIS JR.)

AMIGO É AQUELE QUE DETESTA AS MESMAS PESSOAS QUE VOCÊ. (ANÔNIMO)

Penso, logo... não desisto

O HOMEM É A MEDIDA DE TODAS AS COISAS. (PROTÁGORAS)

OS HOMENS QUE NÃO PENSAM SÃO COMO SONÂMBULOS. (HANNAH ARENDT)

O HOMEM QUE OLHA PARA O HORIZONTE NÃO VÊ A CAMPINA DIANTE DE SI. (PROVÉRBIO INDIANO)

O mundo não foi obra de um ser amoroso, e sim de um demônio, que deu vida às criaturas para se comprazer diante de seu sofrimento. (Arthur Schopenhauer)

Nicolas de Rouge, Troyes, 1496

A FILOSOFIA DO BARÃO DE ITARARÉ:

A FORCA É O MAIS DESAGRADÁVEL DOS INSTRUMENTOS DE CORDA.

De onde menos se espera, daí é que não sai nada.

O banco é uma instituição que empresta dinheiro à gente se a gente apresentar provas suficientes de que não precisa de dinheiro.

Viva cada dia como se fosse o último.

O HOMEM QUE SE VENDE RECEBE MAIS DO QUE VALE.

Devo tanto que, se eu chamar alguém de "meu bem", o banco toma!

Não é triste mudar de ideias, triste é não ter ideias para mudar.

Quem inventou o trabalho não tinha o que fazer.

DIZE-ME COM QUEM ANDAS E TE DIREI SE VOU CONTIGO.

PLATÃO É UM CHATO!
(MONTAIGNE)

> **Não me venham com Platão!**
> (Friedrich Nietzsche)

Exigir a imortalidade do ser humano significa o desejo de perpetuar um erro *ad infinitum*.
(Arthur Schopenhauer)

AQUILO QUE OS HOMENS DE FATO QUEREM NÃO É O CONHECIMENTO, MAS A CERTEZA. (BERTRAND RUSSELL)

MAS AGORA É HORA DE PARTIRMOS. EU PARA MORRER E VOCÊS PARA VIVER. QUEM DE NÓS SEGUE O MELHOR RUMO, NINGUÉM O SABE, EXCETO O DEUS. (SÓCRATES, ANTES DE TOMAR A CICUTA)

O homem é tão divino quanto a própria imaginação. (Allen Ginsberg)

O HOMEM ESTÁ CONDENADO A SER LIVRE. POIS, UMA VEZ JOGADO NO MUNDO, É RESPONSÁVEL POR TUDO O QUE FAZ. (JEAN-PAUL SARTRE)

Consigo aceitar a ideia de que em breve os vermes roerão minha carne; mas sinto calafrios só em pensar que os mestres em filosofia irão alimentar-se de minha doutrina filosófica.

(Arthur Schopenhauer)

NÃO NASCI PARA SER FORÇADO A NADA. RESPIRAREI A MEU PRÓPRIO MODO. SE UMA PLANTA NÃO CONSEGUE VIVER DE ACORDO COM SUA NATUREZA, ELA MORRE, E ASSIM TAMBÉM UM HOMEM. (HENRY DAVID THOREAU)

O MAIS FORTE É AQUELE QUE SABE VENCER A SI MESMO. (PROVÉRBIO CHINÊS)

A filosofia convém a todos: moços e velhos, homens e mulheres, ricos e pobres. **ELA NOS CONSOLA DIANTE DOS FRACASSOS** e das nossas fraquezas. Ajuda a suportar o declínio das nossas forças e da nossa beleza; a encarar a pobreza, a velhice e a morte. **ELA NOS AJUDA A SUPORTAR A SOLIDÃO** e ensina a compartilhar a vida com alguém. (Jean de La Bruyère)

DEVO MINHA VIDA À FILOSOFIA, E ESSA É A MENOR DE MINHAS OBRIGAÇÕES DE GRATIDÃO PARA COM ELA. (SÊNECA)

> Que ninguém hesite em filosofar porque é jovem, nem se canse de filosofar porque é velho, pois ninguém começa cedo demais ou tarde demais a cuidar da saúde da alma. (Epicuro)

> Tudo o que sei é que nada sei!

> Sábio é aquele que conhece os limites da própria ignorância.

> É mais fácil corromper do que convencer.

(Sócrates)

A humanidade seria mais feliz se toda a energia e o talento que os homens utilizam para reparar seus erros fossem empregados em não cometê-los.
(George Bernard Shaw)

PODE-SE CLASSIFICAR A VIDA COMO UM EPISÓDIO QUE PERTURBA INUTILMENTE A BEM-AVENTURADA TRANQUILIDADE DO NADA.
(ARTHUR SCHOPENHAUER)

Todos os homens precisam de alimento... Mas há outra coisa da qual precisamos: saber quem somos e por que vivemos. (Jostein Gaarder)

DIVAGAR E SEMPRE.
(MILLÔR FERNANDES)

A SUPERSTIÇÃO É SIMPLESMENTE A ARTE DE ASSUMIR AS COINCIDÊNCIAS. (JEAN COCTEAU)

NÃO POSSO ACREDITAR EM UM DEUS QUE QUER SER LOUVADO O TEMPO TODO. (FRIEDRICH NIETZSCHE)

UM ERRO NÃO É UM ERRO, DOIS ERROS FAZEM UM ERRO, NÃO FAZER NADA É UM ERRO.

(PROVÉRBIO ÁRABE)

TEMOS UM ÚNICO DEVER: SERMOS FELIZES.
(DENIS DIDEROT)

Três paixões simples governaram minha vida: a necessidade de amor, a sede de conhecimento e a **dolorosa comunhão com todos aqueles que sofrem**.

Três paixões que, como os grandes ventos, me levaram para cá e para lá, numa corrida caprichosa sobre um profundo oceano de angústia que me fez tocar as margens do desespero.

(Bertrand Russell)

EU SOU ATEU... GRAÇAS A DEUS!
(MIGUEL DE UNAMUNO)

Pai nosso que estais no céu, ficai aí mesmo.

(Jacques Prévert)

Não pergunte jamais por quem os sinos dobram; eles dobram por ti. (John Donne)

A MEMÓRIA É A MÃE DA SABEDORIA.
(Ésquilo)

Friedrich Nietzsche

> Aos seres humanos que não me interessam, desejo sofrimento, desolação, doença, maus-tratos e indignidades; desejo ainda a tortura da autodesconfiança, a miséria dos derrotados.

> Nunca somos tão bem punidos quanto por nossas virtudes.

> Falar muito de si também é uma maneira de se esconder.

> Não é a dúvida, mas a certeza que enlouquece.

> Alguns homens já nascem póstumos.

> DEUS ESTÁ MORTO!

CONFÚCIO DISSE:

Aja com cuidado em relação a um homem que é odiado por todos.

Aja com cuidado em relação a um homem que é amado por todos.

O homem capaz é aquele que, sem prever traições, é o primeiro a percebê-las.

O VERDADEIRO SABER É RECONHECER QUE SABEMOS O QUE SABEMOS, E QUE NÃO SABEMOS O QUE NÃO SABEMOS.

Nas cerimônias, prefira a simplicidade à opulência; nos funerais, prefira as lágrimas à pompa.

O HOMEM BOM GOZA TRANQUILAMENTE DE SUA BONDADE, O HOMEM SÁBIO A UTILIZA.

QUEM PODE EXTRAIR UMA NOVA VERDADE DE UM SABER ANTIGO TEM QUALIDADE PARA ENSINAR.

Os fofoqueiros são párias da virtude.

PENSAR TRÊS VEZES ANTES DE AGIR É HESITAÇÃO. BASTAM DUAS.

Acima de tudo, cultive a fidelidade e a boa-fé. Não busque a amizade daqueles que não a merecem.

EU SOU EU E MINHAS CIRCUNSTÂNCIAS.
(ORTEGA Y GASSET)

O Buda pregava uma sabedoria sem deuses e alguns séculos depois o puseram num altar.
(Albert Camus)

Quem afirma que a hora de dedicar-se à filosofia ainda não chegou ou já passou, é como se dissesse que ainda não chegou ou que já passou a hora de ser feliz. (Epicuro)

O futuro é a pior coisa do presente.
(Gustave Flaubert)

O futuro já não é mais o mesmo. (Paul Valéry)

No longo prazo, um ateu não tem futuro.
(Millôr Fernandes)

Com Voltaire acabou o mundo antigo; com Rousseau começou o novo. (J. W. von Goethe)

Arte, literatura & outros alimentos do espírito

> ESCREVER OU É MUITO FÁCIL... OU É IMPOSSÍVEL.
> (VICTOR HUGO)

ARTE É INTRIGA
(Millôr Fernandes)

Millôr Fernandes

> **SÓ OS CEGOS E OS POETAS PODEM VER NA ESCURIDÃO.** (CHICO BUARQUE)

UMA BIBLIOTECA É UM HOSPITAL PARA O ESPÍRITO.
(Frase escrita na antiga Biblioteca de Alexandria)

AH! SE EU PUDESSE TER UM ELENCO COMO O WALT DISNEY. QUANDO ELE NÃO GOSTA DE UM ATOR, ELE SIMPLESMENTE O APAGA...
(ALFRED HITCHCOCK)

> **CANTA TUA ALDEIA, QUE CANTARÁS O MUNDO.** (ANTON TCHÉKHOV)

A PRIMEIRA QUALIDADE DE UM ROMANCISTA É SER MENTIROSO
(BLAISE CENDRARS)

(...) bata na máquina,
bata forte

faça disso um combate de pesos pesados
faça como o touro no momento do primeiro ataque
e lembre dos velhos cães
que brigavam tão bem:
Hemingway, Céline, Dostoiévski, Hamsun.

Se você pensa que eles não ficam loucos
em quartos apertados
assim como este que você está agora

sem mulheres
sem comida
sem esperança

então você não
está pronto (...)*

(Charles Bukowski)

M. Schultheiss

---

* Fragmento do poema "Como ser um grande escritor".
(*O amor é um cão dos diabos*, L&PM Editores, tradução de Pedro Gonzaga.)

AS COISAS MAIS IMPORTANTES QUE PODEM ACONTECER A UM PINTOR:
1. SER ESPANHOL.
2. CHAMAR-SE SALVADOR DALÍ.
ESSAS DUAS COISAS ACONTECERAM COMIGO.

(SALVADOR DALÍ)

ASSIM COMO TENHO RESTRIÇÕES A CONVERSAR COM UMA PESSOA SUJA E MALVESTIDA, DEIXO DE LADO UM LIVRO QUANDO O DESCUIDO PELO ESTILO ME SALTAR AOS OLHOS.

(ARTHUR SCHOPENHAUER)

A ARTE EXISTE PARA PERTURBAR. A CIÊNCIA, PARA TRANQUILIZAR. (GEORGES BRAQUE)

A obra de arte deve nos dar a sensação de que jamais tínhamos visto aquilo que estamos vendo. (Paul Valéry)

AS PALAVRAS PODEM TER A LEVEZA DO VENTO E A FORÇA DA TEMPESTADE. (VICTOR HUGO)

A ARTE EXISTE PARA QUE A VERDADE NÃO NOS DESTRUA. (FRIEDRICH NIETZSCHE)

OS PENSAMENTOS VOAM E AS PALAVRAS VÃO A PÉ. EIS O GRANDE DRAMA DO ESCRITOR. (JULIEN GREEN)

O estilo é a fisionomia do espírito. Imitar o estilo alheio é como usar uma máscara. E a afetação no estilo é igual às caretas que deformam o rosto. (Arthur Schopenhauer)

A pintura é uma poesia que se vê. (Leonardo da Vinci)

Na minha pintura arrisquei minha vida e arruinei minha razão. (Vincent van Gogh)

NÃO EXISTE OBRA DE ARTE SEM A COLABORAÇÃO DO DEMÔNIO. (ANDRÉ GIDE)

UMA CASA SEM LIVROS É COMO UM CORPO SEM ALMA. (DITADO LATINO)

A MÚSICA JAPONESA É UMA TORTURA CHINESA.
(SOFOCLETO)

Enquanto as pessoas jogam conversa fora, eu anoto.
(Charles Bukowski)

A ARTE É FILHA DO SEU TEMPO.
(Wassily Kandinsky)

Wassily Kandinsky

Escrever é que é o verdadeiro prazer;
ser lido é um prazer superficial.
(Virginia Woolf)

A PINTURA É MAIS FORTE DO QUE EU, OBRIGA-ME A FAZER O QUE ELA DESEJA.

Picasso

> EU QUERIA VIVER COMO POBRE, MAS COM MUITO DINHEIRO.

> EU NÃO PROCURO, EU ENCONTRO.

Ao ver o imenso painel "Guernica", o general nazista perguntou:

– Foi o senhor que fez isso?

– Não! Foi o senhor! – respondeu Picasso.

UMA OBRA-PRIMA É UMA ESPÉCIE DE MILAGRE.
(VICTOR HUGO)

O livro, caído n'alma, é germe que faz a palma, é chuva que faz o mar. (Castro Alves)

ESSAS PALAVRAS QUE ESCREVO ME PROTEGEM DA COMPLETA LOUCURA. (CHARLES BUKOWSKI)

Como são belas indizivelmente belas essas estátuas mutiladas... porque nós mesmos lhes esculpimos – com a matéria invisível do ar – o gesto de um braço... uma cabeça anelada... um seio...tudo o que lhes falta! (Mario Quintana)

OS BIÓGRAFOS NÃO CONHECEM NEM A VIDA SEXUAL DA SUA PRÓPRIA ESPOSA, MAS ACHAM QUE CONHECEM A DE STENDHAL OU DE FAULKNER.
(MILAN KUNDERA)

A CENSURA, SEJA QUAL FOR ELA, ME PARECE UMA MONSTRUOSIDADE, UMA COISA PIOR QUE UM HOMICÍDIO; O ATENTADO CONTRA O CONHECIMENTO É UM CRIME DE LESA-ALMA. A MORTE DE SÓCRATES PESA AINDA SOBRE O GÊNERO HUMANO.

(GUSTAVE FLAUBERT)

O **ESTILO** ESTÁ TANTO SOB AS PALAVRAS, COMO DENTRO DELAS. É, AO MESMO TEMPO, A ALMA E A CARNE DE UMA OBRA. (GUSTAVE FLAUBERT)

O grande escritor é aquele que faz tudo para ser banal... e não consegue. (Raymond Radiguet)

A natureza e os livros pertencem aos olhos que os veem. (Ralph Waldo Emerson)

O ROMANCE POLICIAL DIFERE DOS OUTROS PORQUE O LEITOR SÓ FICA SATISFEITO QUANDO SENTE QUE FOI ENGANADO. (G. K. CHESTERTON)

ESCREVER É UMA FORMA DE FALAR SEM SER INTERROMPIDO. (JULES RENARD)

EU SOU PARTE DE TUDO O QUE LI. (JOHN KIERAN)

O MELHOR AMIGO DO ESCRITOR É A LATA DE LIXO. (ISAAC B. SINGER)

Não há desgraça no mundo, por maior que seja, que um livro não ajude a suportar. (Stendhal)

> **O LIVRO É COMO UM IMENSO JARDIM QUE VOCÊ PODE LEVAR NO SEU BOLSO.**
> **(DITADO ÁRABE)**

Um poeta é um mundo encerrado dentro de um homem. (Victor Hugo)

Sei que a poesia é indispensável. Só não sei para quê. (Jean Cocteau)

Existem cinco tipos de atrizes: as más atrizes, as boas, as competentes, as grandes atrizes e **Sarah Bernhardt.** (Mark Twain)

Quando leres uma biografia, lembra-te que a verdade é impublicável. (George Bernard Shaw)

Se a imprensa não existisse, não seria necessário inventá-la. (Honoré de Balzac)

ONDE SE QUEIMAM LIVROS, ACABA-SE POR QUEIMAR GENTE. (HEINRICH HEINE)

O GRANDE CLÁSSICO É AQUELE AUTOR QUE NÓS PODEMOS ELOGIAR SEM TER LIDO.

(G. K. CHESTERTON)

FELIZES SÃO OS PINTORES, POIS NUNCA ESTARÃO SOZINHOS. LUZ E COR, PAZ E ESPERANÇA LHES FARÃO COMPANHIA ATÉ O FIM.

(WINSTON CHURCHILL)

O poeta é um fingidor.
Finge tão completamente
Que chega a fingir que é dor
A dor que deveras sente.
(Fernando Pessoa)

A FRANÇA É O ÚNICO PAÍS ONDE UMA PEQUENA FRASE PODE CAUSAR UMA GRANDE REVOLUÇÃO. (HONORÉ DE BALZAC)

NÃO!!!

IMPRENSA É OPOSIÇÃO. O RESTO É ARMAZÉM DE SECOS E MOLHADOS.
(MILLÔR FERNANDES)

GOSTO MUITO MAIS DO MONÓLOGO DO QUE DO DIÁLOGO, QUANDO ELE É BOM. É COMO VER UM HOMEM ESCREVENDO UM LIVRO EXPRESSAMENTE PARA VOCÊ.

(HENRY MILLER)

O ADJETIVO É A GORDURA DO ESTILO. (VICTOR HUGO)

Estilo é a resposta para tudo,
É um jeito especial de fazer uma bobagem ou algo perigoso,
(...)
Quando Hemingway estourou seus miolos, teve estilo. (...)
Conheci homens na prisão com estilo
Conheci mais homens na cadeia
com estilo do que fora

Estilo faz a diferença. O jeito de se fazer,
o jeito de ser feito.

Seis garças tranquilas na beira
de um lago
Ou você saindo nua do banho
sem me ver.

(Charles Bukowski)

Robert Crumb

O jovem Gabriel García Márquez estava em Bogotá escrevendo um dos seus primeiros livros. Todas as noites faltava luz. Irritado, o autor de *Cem anos de solidão* escreveu um bilhete desaforado reclamando para o prefeito de Bogotá, que respondeu assim: "<u>Caro sr. Márquez, Balzac, que escrevia muito melhor do que o senhor, escreveu à luz de velas...</u>". (Resumo do fato que foi narrado pelo próprio García Márquez numa crônica de memórias em 1979)

> *Existem pessoas que têm uma biblioteca como os eunucos têm um harém.*
> *(Victor Hugo)*

A grande arquitetura é aquela que produz belas ruínas. (Auguste Perret)

Desde o momento em que tive o seu livro em minhas mãos, até o momento em que o larguei, não pude parar de rir. Um dia desses espero lê-lo. (Groucho Marx)

MUITOS ESCRITORES ESGOTAM-SE ANTES DE SEUS LIVROS. (SOFOCLETO)

ORGANIZAR O CAOS, EIS A CRIAÇÃO.
(Guillaume Apollinaire)

Intelectual é alguém que entra numa biblioteca mesmo quando não está chovendo.
(André Roussin)

OS ESCRITORES NÃO SÓ EXIGEM ELOGIOS, COMO TAMBÉM EXIGEM QUE SE DIGA SOMENTE A VERDADE...
(JULES RENARD)

Liberdade, liberdade

(...) Na saúde recobrada
No perigo dissipado
Na esperança sem memórias
Escrevo teu nome

E ao poder de uma palavra
Recomeço minha vida
Nasci pra te conhecer
E te chamar

LIBERDADE*

*Paul Valéry, em tradução de Carlos Drummond de Andrade.

Não concordo com uma só palavra do que dizeis, mas defenderei até a morte vosso direito de dizê-las! (Voltaire)

LIBERDADE É O PODER DE FAZER TUDO AQUILO QUE AS LEIS PERMITEM.
(Montesquieu)

LIVRE COMO UM TÁXI.
(MILLÔR FERNANDES)

> **Devemos negociar com liberdade, mas jamais negociar a liberdade.** (John F. Kennedy)

No deserto, a liberdade só faz sentido se soubermos em que latitude está o poço. (Antoine de Saint-Exupéry)

CUMPRI MINHA PALAVRA, MORRO PELA LIBERDADE. (TIRADENTES)

As tiranias são os mais frágeis governos. (Aristóteles)

DÊ A QUEM VOCÊ AMA: ASAS PARA VOAR, RAÍZES PARA VOLTAR E MOTIVOS PARA FICAR. (DALAI LAMA)

ENTRE O FORTE E O FRACO, ENTRE O RICO E O POBRE, ENTRE O PATRÃO E O EMPREGADO, É A LIBERDADE QUE OPRIME E A LEI QUE LIBERTA. (HENRI LACORDAIRE)

A alegria, essa forma suprema de insolência e liberdade. (Anônimo)

LIBERDADE, LIBERDADE, QUANTOS CRIMES SE COMETEM EM TEU NOME. (MADAME ROLAND)

A LIBERDADE É UM BEM QUE FAZ COM QUE POSSAMOS USUFRUIR DE MUITOS OUTROS. (MONTESQUIEU)

Quando olho para a História, vejo horas de liberdade e séculos de servidão. (Joseph Joubert)

Em um regime político, a liberdade só é plena quando se tem a liberdade de dizer publicamente que não se tem liberdade. (Anônimo)

PARA VIVEREM JUNTOS, DOIS SERES DEVEM SER ESCRAVOS UM DO OUTRO PARA QUE POSSAM SER LIVRES.
(DUQUESA D'ABRANTES)

A LIBERDADE TEM QUE SER TOTAL. UM PEDAÇO DE LIBERDADE NÃO É LIBERDADE. (MAX STIRNER)

SÓ EXISTE LIBERDADE QUANDO AS PESSOAS PODEM PENSAR DIFERENTEMENTE DE NÓS.
(ROSA LUXEMBURGO)

NÓS SOMOS ESCRAVOS DAS LEIS PARA PODERMOS SER LIVRES.
(CÍCERO)

O homem contra o homem

> Duas coisas são infinitas: o **UNIVERSO** e a **ESTUPIDEZ** humana: mas quanto ao universo, ainda não tenho certeza absoluta.
>
> (Albert Einstein)

APÓS A VITÓRIA, AFIE SUA FACA.
(Curtis L. Johnson)

O cemitério está cheio de gente insubstituível. (Anônimo)

Para chegar aos cem anos, tem que começar cedo. (Provérbio russo)

NÃO HÁ NADA MAIS INFALÍVEL DO QUE UM PROFETA MUDO. (HONORÉ DE BALZAC)

Quando você se tornar pessimista, olhe para uma rosa. (Albert Samain)

O HOMEM É UM MILAGRE SEM IMPORTÂNCIA.
(JEAN ROSTAND)

A VERDADE DE UM HOMEM É, BASICAMENTE, O QUE ELE ESCONDE. (ANDRÉ MALRAUX)

É melhor aceitar as pessoas como elas são do que supor que sejam o que não são. (Nicolas de Chamfort)

O assassinato é a forma mais radical de censura.
(George Bernard Shaw)

O crítico é um homem sem pernas que ensina a correr.
(Channing Pollock)

- -

ERRAR É HUMANO: MAIS HUMANO AINDA É ATRIBUIR O ERRO AOS OUTROS. (ANTON TCHÉKHOV)

- -

PODE-SE ENGANAR UMA PESSOA POR MUITO TEMPO, MUITAS PESSOAS POR ALGUM TEMPO, MAS NÃO SE PODE ENGANAR TODAS AS PESSOAS TODO O TEMPO. (ABRAHAM LINCOLN)

- -

MATE-ME NOVAMENTE OU ACEITE-ME COMO SOU, PORQUE EU NÃO MUDAREI. (MARQUÊS DE SADE)

Guido Crepax

- -

Ser valente é muito mais fácil do que ser homem.
(Julio Cortázar)

TEM SEMPRE UM MAIS IDIOTA PARA SEGUIR UM IDIOTA. (BOSSUET)

A MELHOR DEFINIÇÃO DO HOMEM, PARA MIM, É: UM SER COM DOIS PÉS E INGRATO. (FIÓDOR DOSTOIÉVSKI)

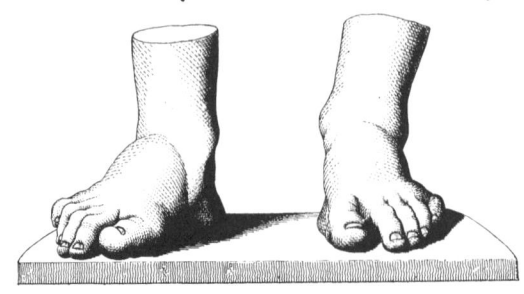

Mais vale um final desastroso do que um desastre interminável. (Anônimo)

SÓ OS GRANDES MENTIROSOS ESCREVEM GRANDES AUTOBIOGRAFIAS. (MILLÔR FERNANDES)

O BOM SER HUMANO É AQUELE QUE, QUANDO COMETE UM ERRO, TODAS AS PESSOAS PERCEBEM. (CONFÚCIO)

> Tentei e continuo tentando aprender a voar na escuridão, como os morcegos, nestes tempos sombrios. (Eduardo Galeano)

Saber suportar um momento de cólera é poupar-se um século de lamentos. (Provérbio chinês)

> UM POUCO DE DESPREZO POUPA MUITO ÓDIO.
> (JACQUES DEVAL)

SÓ ZOMBA DE CICATRIZES QUEM NUNCA FOI FERIDO. (WILLIAM SHAKESPEARE)

Os homens sempre foram e sempre serão mais constantes no ódio do que no amor. (Carlo Goldoni)

DEVEMOS JULGAR OS HOMENS MAIS PELAS SUAS PERGUNTAS DO QUE PELAS SUAS RESPOSTAS. (VOLTAIRE)

Como sabes que a Terra não é o inferno de um outro planeta?
(Aldous Huxley)

"Infernal punishment", Nicolas le Rouge, Troyes, 1496.

OLHO POR OLHO, E O MUNDO ACABARÁ CEGO.
(Mahatma Gandhi)

Toma cuidado para não perderes a ti mesmo ao abraçares as sombras. (Esopo)

O DÉSPOTA MORRE E SEU REINO ACABA. O MÁRTIR MORRE E SEU REINO COMEÇA. (SOREN KIERKEGAARD)

A guerra é uma invenção do ser humano. E o ser humano pode também inventar a paz. (Winston Churchill)

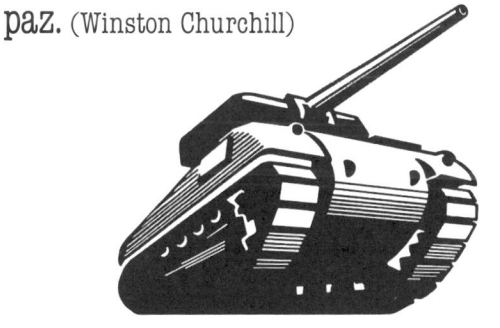

ESTAMOS TÃO HABITUADOS A NOS DISFARÇAR PARA OS OUTROS QUE ACABAMOS NOS DISFARÇANDO PARA NÓS MESMOS. (OSCAR WILDE)

O ÚNICO LUGAR EM QUE SUCESSO VEM ANTES DE TRABALHO É NO DICIONÁRIO. (ALBERT EINSTEIN)

TODO HERÓI ACABA SE TRANSFORMANDO NUM CHATO.

(RALPH WALDO EMERSON)

Aquece uma serpente em teu seio, ela te morderá.

(Esopo)

Dentro de nós, todos temos o céu e o inferno. (Oscar Wilde)

ESPERAMOS ENVELHECER E TEMEMOS A VELHICE; OU SEJA, AMAMOS A VIDA E FUGIMOS DA MORTE.

(JEAN DE LA BRUYÈRE)

Muitos heróis são como pinturas, não devemos vê-los muito de perto para não aparecerem as imperfeições. (La Rochefoucauld)

> O problema do mundo de hoje é que as pessoas inteligentes estão cheias de dúvidas e as pessoas **IDIOTAS** estão cheias de certezas. (Charles Bukowski)

O HOMEM É UM ANIMAL SOCIAL QUE DETESTA OS SEUS SEMELHANTES. (EUGÈNE DELACROIX)

O QUE É O HOMEM NA NATUREZA? NADA COMPARADO AO INFINITO, TUDO COMPARADO AO NADA. (PASCAL)

O HOMEM É O LOBO DO HOMEM.
(Thomas Hobbes)

EXISTEM DUAS COISAS QUE OS HOMENS JAMAIS ADMITEM: QUE DIRIGEM MAL E QUE TRANSAM MAL.

(STIRLING MOSS)

PENSAR EM FAZER UMA BOA AÇÃO JÁ É UMA BOA AÇÃO.
(LAURENCE STERNE)

É monstruoso perceber que as pessoas se dizem pelas costas coisas que são absolutamente verídicas. (Oscar Wilde)

Uma raposa faminta avistou os cachos de uva que pendiam de uma parreira e tentou colhê-los, mas não conseguiu. Afastou-se, então, murmurando para si mesma: "Não estão maduros".

Alguns homens, da mesma forma, quando sua própria fraqueza os impede de chegar a seus fins, culpam as circunstâncias.

(Esopo, "A raposa e as uvas")

A GRANDEZA NÃO CONSISTE EM RECEBER HONRAS, MAS EM MERECÊ-LAS. (ARISTÓTELES)

NADA DO QUE É HUMANO ME É ESTRANHO.
(TERÊNCIO)

O DESESPERO NÃO GANHA BATALHAS.
(VOLTAIRE)

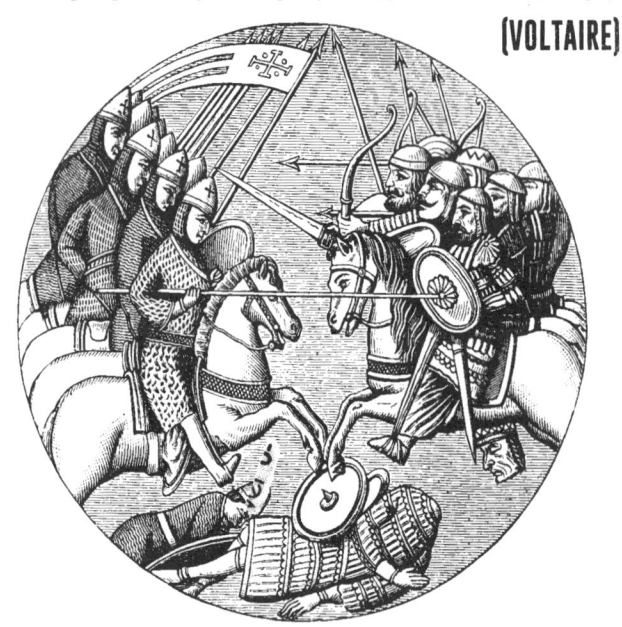

A PREOCUPAÇÃO PÕE SOMBRAS GRANDES SOBRE AS COISAS PEQUENAS. (ANÔNIMO)

OS JOVENS ACREDITAM QUE 20 ANOS E 20 MOEDAS NÃO ACABAM NUNCA.
(BENJAMIN FRANKLIN)

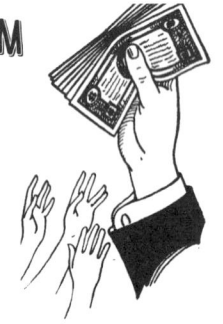

Toda a campanha militar repousa na **DISSIMULAÇÃO**. Finge **DESORDEM**. Jamais deixes de oferecer um **ENGODO** ao inimigo para ludibriá-lo. Simula **INFERIORIDADE** para encorajar sua **ARROGÂNCIA**. Atiça sua **RAIVA** para melhor mergulhá-lo na confusão. Sua cobiça o arremeterá contra ti e, então, ele se **ESPATIFARÁ**.

(Sun Tzu em *A arte da guerra*)

Gilmar Fraga

os outros são um inferno

PREFIRO O INFERNO. LÁ TEREI COMPANHIA DE PAPAS, REIS E PRÍNCIPES. (MAQUIAVEL)

Somente os idiotas são brilhantes no café da manhã. (Oscar Wilde)

TODOS OS TOLOS SÃO INFLEXÍVEIS E TODOS OS INFLEXÍVEIS SÃO TOLOS. QUANTO MAIS TÊM SENTIMENTOS ERRÔNEOS, MENOS OS ABANDONAM. (BALTASAR GRACIÁN)

OS OTIMISTAS ESCREVEM MAL.
(PAUL VALÉRY)

Prefiro o paraíso pelo clima e o inferno pela companhia.
(Mark Twain)

A PRUDÊNCIA É UMA VELHA SOLTEIRONA, RICA E FEIA, CORTEJADA POR INCAPAZES. (WILLIAM BLAKE)

NO CÉU, TODAS AS PESSOAS INTERESSANTES ESTÃO AUSENTES. (FRIEDRICH NIETZSCHE)

EU BEBO PARA TORNAR AS OUTRAS PESSOAS MAIS INTERESSANTES. (GEORGE JEAN NATHAN)

Em vão nos esforçamos para parecer aquilo que não somos. (Cristina da Suécia)

Groucho Marx

Eu, por exemplo, saí do nada e cheguei à extrema pobreza.

Eu lembro da primeira vez que fiz sexo. Guardei até o recibo.

Se eu pudesse recomeçar a minha vida, eu cometeria os mesmos erros, mas muito mais cedo.

Eu não frequento clubes que me aceitam como sócio!

Eu pretendo viver para sempre ou morrer tentando.

OS IMBECIS DEIXAM SUAS IMPRESSÕES DIGITAIS NO QUE DIZEM. (SOFOCLETO)

O médico vê o homem em toda a sua fraqueza; o advogado, em toda a sua maldade; e o sacerdote, em toda a sua imbecilidade. (Arthur Schopenhauer)

Você se conhece?
Eu me conheci e saí correndo.

(Johann Wolfgang von Goethe)

A CADA DIA, A CADA HORA, A GENTE APRENDE UMA QUALIDADE NOVA DE MEDO. (GUIMARÃES ROSA)

NÃO PASSAS DE UMA ALMA DÉBIL QUE ANIMA UM CADÁVER. (EPITETO)

Talleyrand despreza os homens porque ele passou muito tempo estudando a si mesmo.

(Lazare Carnot)

Quando descreveres os quadrúpedes, coloca entre eles alguns homens. (Leonardo da Vinci)

Os homens são como estátuas, é necessário vê-los na praça. (La Rochefoucauld)

CRISTO É UM ANARQUISTA QUE SE DEU BEM. MAS É O ÚNICO.
(ANDRÉ MALRAUX)

ENTRE AS COISAS QUE RESPIRAM E ANDAM SOBRE A TERRA, NENHUMA É MAIS LAMENTÁVEL DO QUE O HOMEM.
(HOMERO)

SOMOS PÓ E SOMBRAS. (Horácio)

Homem! O único animal na natureza que devemos realmente temer.
(D. H. Lawrence)

É PERIGOSO ESCUTAR. VOCÊ SEMPRE CORRE O RISCO DE QUE LHE CONVENÇAM. (NORBERT WIENER)

O INFERNO SÃO OS OUTROS
(JEAN-PAUL SARTRE)

Birmingham, no Alabama, é a maior cidade de um estado policial presidido por um governador – George Wallace – cuja promessa aos eleitores foi "segregação hoje, segregação amanhã, segregação sempre!".

(Martin Luther King)

A EXPERIÊNCIA NÃO TEM NENHUM VALOR ÉTICO, ELA É SIMPLESMENTE O NOME QUE OS HOMENS DÃO AOS PRÓPRIOS ERROS. (OSCAR WILDE)

O DIABO É UM OTIMISTA QUE PENSA QUE PODE FAZER AS PESSOAS PIORES DO QUE SÃO. (KARL KRAUS)

Todo assassino é provavelmente o velho amigo de alguém. (Agatha Christie)

O homem é como Deus o fez, só um pouco pior.
(Anônimo)

> DEVEMOS SER GRATOS AOS IDIOTAS. SEM ELES O RESTO DE NÓS NÃO SERIA BEM-SUCEDIDO. (MARK TWAIN)

QUE PENA SÓ TIRARMOS LIÇÕES DA VIDA DEPOIS QUE ELAS CESSARAM DE NOS SER ÚTEIS. (OSCAR WILDE)

ONDE ESTÁ O MÉRITO, SE OS HERÓIS NUNCA TÊM MEDO? (ALPHONSE DAUDET)

A MÃE DOS IDIOTAS ESTÁ SEMPRE GRÁVIDA.
(PROVÉRBIO FRANCÊS)

NÃO HÁ NADA MAIS PERIGOSO DO QUE TER UMA IDEIA PARA QUEM TEM SÓ UMA. (PAUL CLAUDEL)

SE NÃO QUISER QUE OS OUTROS SAIBAM, É MELHOR NÃO FAZER. (Provérbio chinês)

O homem que passou fome uma vez vinga-se do mundo — não rouba apenas uma vez ou apenas aquilo que precisa, mas cobra do mundo uma taxa sem fim, como pagamento de algo insubstituível, que é a sua **FÉ PERDIDA**. (Anaïs Nin)

> EM TODO O CASO, O MUNDO PARECE FEIO, MAU E SEM **ESPERANÇA**. ESSE SERIA O DESESPERO DE UM VELHO QUE JÁ MORREU POR DENTRO. **MAS EU RESISTO...**
>
> (JEAN-PAUL SARTRE)

A História é uma história

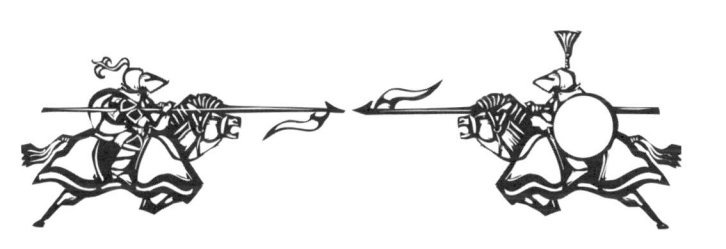

ACABAMOS DE FECHAR O ROMANCE DA REVOLUÇÃO. VAMOS COMEÇAR AGORA A HISTÓRIA.

(NAPOLEÃO BONAPARTE NO 18 BRUMÁRIO)

O HISTORIADOR É UM PROFETA QUE OLHA PRA TRÁS. (HEINRICH HEINE)

A História é como um idiota: se repete, se repete, se repete.
(Paul Morand)

A História é feita com rios de tinta, formando oceanos de mentira.
(Joaquim Nabuco)

A história me será indulgente, porque eu pretendo escrevê-la.
(Winston Churchill)

A História é uma sequência de mentiras sobre as quais os homens se puseram de acordo. (Napoleão Bonaparte)

A REVOLUÇÃO RUSSA É A REVOLUÇÃO FRANCESA QUE CHEGOU TARDE POR CAUSA DO FRIO.
(SALVADOR DALÍ)

A história não é o lugar para encontrar a felicidade. Os períodos felizes são as páginas em branco.
(Friedrich Hegel)

A HISTÓRIA PODE JUSTIFICAR O QUE QUISER. (Paul Valéry)

UM IMPÉRIO FUNDADO PELAS ARMAS SÓ CONSEGUE SE MANTER PELAS ARMAS. (MONTESQUIEU)

> A História é uma merda.
> (Henry Ford)

A HISTÓRIA É UMA COISA QUE NÃO ACONTECEU, CONTADA POR UM SUJEITO QUE NÃO ESTAVA LÁ. (MACHADO DE ASSIS)

NAS REVOLUÇÕES HÁ DOIS TIPOS DE GENTE: AS QUE FAZEM A REVOLUÇÃO E AS QUE SE APROVEITAM DELA. (NAPOLEÃO BONAPARTE)

A História não tem
escrúpulos nem hesitação,
nem moral, nem consciência.
(Arthur Koestler)

OS SALÕES E AS ACADEMIAS MATAM MAIS REVOLUCIONÁRIOS QUE AS PRISÕES E OS CANHÕES. (PAUL MORAND)

A HISTÓRIA É O ENORME CONJUNTO DE COISAS QUE NÓS PODERÍAMOS TER EVITADO.
(KONRAD ADENAUER)

O PRIMEIRO MÉTODO PARA AVALIAR A INTELIGÊNCIA DE UM GOVERNANTE É OLHAR PARA OS HOMENS QUE ESTÃO À SUA VOLTA. (MAQUIAVEL)

> A História é a ciência da infelicidade dos homens.
> (Raymond Queneau)

O que eu gosto mesmo na História são as anedotas. (Winston Churchill)

> MAS ISSO É OUTRA HISTÓRIA.
> (RUDYARD KIPLING)

Gustave Doré

O mundo em conflito:
justiça, poder & outras batalhas

É PERIGOSO ESTAR CERTO QUANDO O GOVERNO ESTÁ ERRADO. (VOLTAIRE)

Quando começaram a prender os comunistas, como eu não era comunista, não me importei.
Quando começaram a prender os socialistas, como eu não era socialista, não me importei.
Quando começaram a prender os judeus, como eu não era judeu, não me importei.
Quando vieram me prender não tinha ninguém para se importar comigo. (Martin Niemöller)

NO CAPITALISMO HÁ A EXPLORAÇÃO DO HOMEM PELO HOMEM. NO SOCIALISMO, É O CONTRÁRIO. (WINSTON CHURCHILL)

Ontem tive um sonho fantástico. Surpreendi um político com a mão nos próprios bolsos.
(Mark Twain)

TODO O PODER É TRISTE.
(Alain)

As leis são um freio para os crimes públicos; a religião, para os crimes secretos. (Ruy Barbosa)

O PODER QUE SE JULGA SEGURO SÓ COMPREENDERÁ SEUS ERROS CONTRA A INTELIGÊNCIA À LUZ DE UM INCÊNDIO INICIADO POR ALGUM PEQUENO LIVRO. (HONORÉ DE BALZAC)

A POLÍTICA É A ARTE DO POSSÍVEL.
(OTTO VON BISMARCK)

OS DESCONTENTES SÃO OS POBRES QUE PENSAM.
(TALLEYRAND)

Eles acharam que suas balas poderiam nos silenciar. Mas eles erraram. (Malala Yousafzai)

QUEM QUER QUE SEJA QUE PONHA AS MÃOS SOBRE MIM, PARA ME GOVERNAR, É UM USURPADOR, UM TIRANO. EU O DECLARO MEU INIMIGO.

(PIERRE-JOSEPH PROUDHON)

POLÍTICA É A MAIS ANTIGA DAS PROFISSÕES.

(MILLÔR FERNANDES)

COMO O DESPOTISMO É O ABUSO DA MONARQUIA, A ANARQUIA É O ABUSO DA DEMOCRACIA. (VOLTAIRE)

> Quem se apega ao dinheiro atrai afrontas; quem se apega ao poder se esgota; quem vive na ociosidade nela se afoga; quem se habitua ao bem-estar se torna seu escravo. Que vida enferma! (Chuang Tzu)

EXISTEM MUITAS CAUSAS PELAS QUAIS ESTOU DISPOSTO A MORRER, MAS NENHUMA PELA QUAL ESTOU DISPOSTO A MATAR. (MAHATMA GANDHI)

A GUERRA É FEITA QUANDO SE QUER E TERMINA QUANDO SE PODE. (MAQUIAVEL)

As revoluções são as festas dos oprimidos e explorados. (Vladimir Lênin)

NÃO EXISTE HERÓI SEM PLATEIA. (ANDRÉ MALRAUX)

AMOR, TRABALHO, FAMÍLIA, RELIGIÃO, ARTE E PATRIOTISMO SÃO PALAVRAS VAZIAS DE SENTIDO PARA QUEM MORRE DE FOME. (O. HENRY)

No quadro que estou trabalhando e chamarei de **GUERNICA**, mostro meu horror pela casta militar que fez a Espanha naufragar num oceano de dor e morte. (Pablo Picasso)

A GUERRA EQUIVALE AO ECLIPSE DA CIVILIZAÇÃO.
(ANDRÉ BRETON)

E quem dentre os homens não quiser morrer de sede precisa aprender a beber de todas as taças. (Friedrich Nietzsche)

* * *

FAZER JUSTIÇA COM ÓDIO OU ADMIRAÇÃO NÃO É JUSTIÇA. (PASCAL)

* * *

Para que serve a revolução se não puder tornar os homens melhores? (André Malraux)

* * *

Platão e Aristóteles escreveram sobre política porque eles sentiram a necessidade de colocar ordem num hospício. (Pascal)

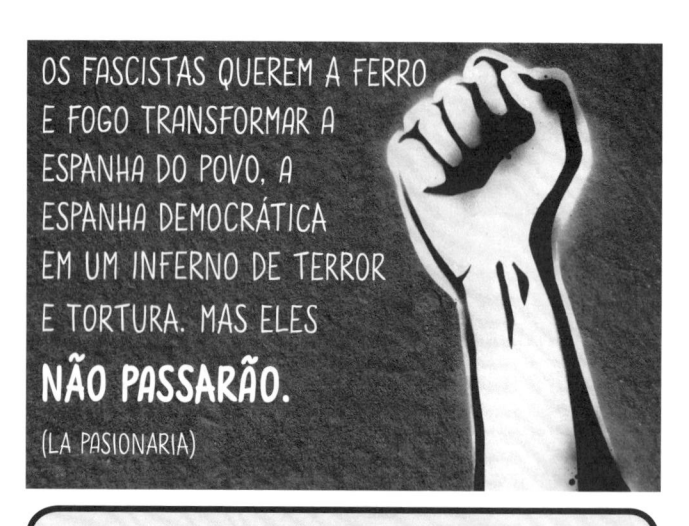

> OS FASCISTAS QUEREM A FERRO E FOGO TRANSFORMAR A ESPANHA DO POVO, A ESPANHA DEMOCRÁTICA EM UM INFERNO DE TERROR E TORTURA. MAS ELES **NÃO PASSARÃO.**
> (LA PASIONARIA)

> AS LEIS QUE NÃO PROTEGEM NOSSOS ADVERSÁRIOS NÃO PODEM NOS PROTEGER. (RUY BARBOSA)

A POLÍTICA NÃO É UMA CIÊNCIA, COMO PENSAM ALGUNS, MAS UMA ARTE. (OTTO VON BISMARCK)

CADA POVO TEM O GOVERNO QUE MERECE. (Joseph-Marie de Maistre)

Na política a questão principal não é resolver os problemas, mas calar aqueles que denunciam os problemas. (Henri Queuille)

NA POLÍTICA, NÓS SUCEDEMOS AOS IMBECIS E SOMOS SUBSTITUÍDOS POR INCAPAZES. (MONTAIGNE)

Napoleão Bonaparte

> Um povo só se deixa levar quando lhe mostram um futuro. Um líder é um mercador de esperança.

> O chefe de estado não deve e não pode agir como um chefe de partido.

> Como não ser bom, quando se pode tudo?

> Em política, um absurdo não é um obstáculo.

> Nada se parece menos com um homem do que um rei.

> Um governo novo deve deslumbrar.

Foi o momento mais eletrizante de Woodstock, e sem dúvida o maior momento dos anos 1960. Finalmente entendemos essa canção: **você pode amar seu país e detestar seu governo.**

(Al Aronowitz, sobre a execução do hino dos Estados Unidos de forma distorcida feita por Jimi Hendrix, no festival de Woodstock)

Meu sonho é de que meus quatro filhos um dia irão viver num país onde não serão julgados pela cor de sua pele, e sim pelo seu caráter.

(Martin Luther King)

As mãos do Tio Sam estão sujas de sangue. É o sangue dos negros deste país. O Tio Sam é o maior hipócrita da face da Terra.

(Malcolm X)

Eu estou aqui, diante de vocês, não como um profeta, mas como um humilde servo. Foi graças aos incansáveis e heroicos sacrifícios de vocês que foi possível para mim estar aqui hoje. Por isso eu quero colocar o que resta da minha vida nas mãos de vocês.

(Nelson Mandela)

Winston Churchill disse:

Na guerra você morre uma vez. Na política você morre várias vezes.

SUCESSO CONSISTE EM IR DE FRACASSO A FRACASSO SEM PERDER O ENTUSIASMO.

Ele tem todas as virtudes que eu não gosto e nenhum dos vícios que admiro.

UMA MENTIRA DÁ UMA VOLTA AO MUNDO ANTES MESMO DA VERDADE SE VESTIR.

SE HITLER INVADISSE O INFERNO, EU APOIARIA O DEMÔNIO

> Todas as grandes coisas são simples e podem ser expressas numa só palavra como liberdade, justiça, honra, dever, piedade, esperança.

FANÁTICO É AQUELE TIPO QUE NÃO MUDA DE IDEIA NEM DE ASSUNTO.

Churchill debatia acaloradamente com uma deputada da oposição. Furiosa, ela lhe disse:
– Sr. Ministro, se Vossa Excelência fosse meu marido, eu colocaria veneno em seu chá!
Ao que Churchill respondeu:
– Minha senhora, se eu fosse seu marido, eu beberia esse chá.

NUNCA TANTOS DEVERAM TANTO A TÃO POUCOS.

Uma grande lição é que, às vezes, até os tolos têm razão.

SE VOCÊ ESTÁ ATRAVESSANDO O INFERNO, NÃO PARE!

PRECISAMOS MUDAR PARA QUE TUDO CONTINUE COMO ESTÁ. (LAMPEDUSA)

Ter a boca cheia de açúcar para confeitar as palavras, para que até mesmo os inimigos tomem gosto por elas. (Baltasar Gracián)

É impressionante o número de pessoas que ganham de mim no golfe depois que eu deixei a presidência dos Estados Unidos.
(George H. W. Bush)

Em política, sempre se aprende com o inimigo.
(Vladimir Lênin)

SANGUE CHAMA SANGUE.
(WILLIAM SHAKESPEARE)

Viver & morrer:
o tempo e o drama de existir

A VIDA É UMA ESPÉCIE DE DOENÇA SEXUALMENTE TRANSMISSÍVEL.
(PETR SKRABANEK)

SÓ SE MORRE UMA VEZ.
E É POR **MUITO TEMPO**. (Molière)

ESTÁ MORTO: PODEMOS ELOGIÁ-LO À VONTADE.
(MACHADO DE ASSIS)

Quem tem a faculdade de ver a beleza, não envelhece.

O nosso mundo não passa de um mau humor de Deus.

A beleza, a última vitória possível do homem que não tem mais esperança.

(Franz Kafka)

A morte é uma doença da imaginação. (Alain)

NÃO É QUE EU TENHA MEDO DE MORRER. É QUE EU NÃO QUERO ESTAR LÁ QUANDO ISSO ACONTECER. (WOODY ALLEN)

Um amigo perguntou ao autor de *O grande Gatsby*, F. Scott Fitzgerald:

— Você não sabe que beber demais é uma morte lenta?

— Mas e quem é que está com pressa? — respondeu Fitzgerald.

Meu sonho: morrer jovem, com uma idade bem avançada.
(Henri Jeanson)

NÓS MATAMOS O TEMPO, MAS ELE NOS ENTERRA.

(MACHADO DE ASSIS)

A morte é uma formalidade desagradável, mas todos os candidatos são recebidos. (Paul Claudel)

Viver é uma doença da qual o sono nos alivia por uma noite: é um paliativo — a morte é o remédio.

(Nicolas de Chamfort)

Gustave Doré

A VIDA É UM DOM DA NATUREZA: VIVÊ-LA É UM DOM DA SABEDORIA. (PLUTARCO)

O tempo é um grande mestre, o terrível é que ele mata os seus alunos. (Hector Berlioz)

Quantos homens não morrem num homem antes da sua morte? (Edmond e Jules de Goncourt)

> *Devemos aprender a viver ao longo de toda a vida e, o que pode ser mais surpreendente, ao longo de toda a vida devemos aprender a morrer.* (Sêneca)

O pior não é morrer. É não poder espantar as moscas.
(Millôr Fernandes)

AMA A VIDA. ENFRENTA-A. PORQUE, BOA OU MÁ, É UMA SÓ.
(Friedrich Nietzsche)

O arqueólogo é o melhor marido que uma mulher pode ter; quanto mais velha ela fica, mais interesse ele tem por ela.
(Agatha Christie)

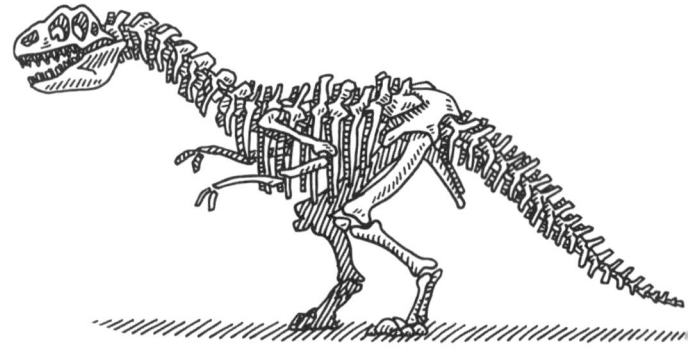

A VIDA É UMA HISTÓRIA CONTADA POR UM IDIOTA, CHEIA DE SOM E FÚRIA, SIGNIFICANDO NADA.
(WILLIAM SHAKESPEARE EM *MACBETH*)

Gilbert Chelton

A juventude é a embriaguez sem vinho.

(Johann Wolfgang von Goethe)

Às vezes ouço passar o vento; e só de ouvir o vento passar, vale a pena ter nascido.

(Fernando Pessoa)

• •

Ao renunciar ao mundo e à fortuna, encontrei a felicidade, a calma, a saúde, mesmo a riqueza; e, a despeito do provérbio, descobri que quem sai do jogo, vence.

(Nicolas de Chamfort)

Os Humanos dizem que o Tempo passa, o Tempo diz que os Humanos passam.
(Provérbio sânscrito)

NÃO DEIXES PARA AMANHÃ O QUE PODES FAZER DEPOIS DE AMANHÃ.

....

SE UM AMIGO TE PEDE DINHEIRO EMPRESTADO, PENSA BEM QUAL DOS DOIS VOCÊ PREFERE PERDER: O DINHEIRO OU O AMIGO?

(MARK TWAIN)

Se eu soubesse que ia viver tanto tempo, teria me cuidado melhor. (Eubie Blake)

Gustave Doré

UMA VIDA INÚTIL É UMA MORTE ANTECIPADA. (J. W. VON GOETHE)

A morte chega uma única vez e se faz sentir em todos os momentos da vida: é mais difícil compreendê-la do que sofrê-la. (Jean de La Bruyère)

O DESTINO DOS HOMENS É MORRER...
POR QUE ME ENTRISTECER, SE MEU
DESTINO É NORMAL E O MESMO DE
TODOS OS HUMANOS? (LIE-TSÉ)

Se nada nos salva da morte, que ao menos o amor nos salve da vida.
(Pablo Neruda)

Toda fotografia antiga é uma punhalada.
(Millôr Fernandes)

NUNCA PENSO NO FUTURO. ELE SEMPRE CHEGA MUITO CEDO.
(ALBERT EINSTEIN)

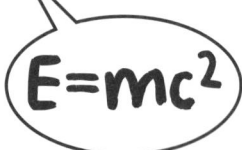

$E=mc^2$

O SÁBIO PERSEGUE A AUSÊNCIA DE DOR, E NÃO O PRAZER. (ARISTÓTELES)

É PRECISO DAR TEMPO AO TEMPO.
(MIGUEL DE CERVANTES)

DE TODOS OS ANIMAIS SELVAGENS, O HOMEM JOVEM É O MAIS DIFÍCIL DE DOMAR. (PLATÃO)

Passamos a vida inteira dizendo adeus aos que partem. Até o dia em que dizemos adeus aos que ficam. (Condessa de Talleyrand)

> Quando eu morrer quero ser cremado. E peço que mandem 10% das minhas cinzas para o meu empresário.
> (Groucho Marx)

A MORTE NÃO É O PROBLEMA, O PROBLEMA É FICAR ESPERANDO POR ELA. (CHARLES BUKOWSKI)

A MORTE É A ÚNICA COMPETIÇÃO EM QUE TODOS ESPERAM CHEGAR EM ÚLTIMO LUGAR.

(MAURICE CHAPELAN)

DEIXAREMOS ESTE MUNDO TÃO ESTÚPIDO E MAU COMO ESTAVA QUANDO NELE CHEGAMOS. (ARTHUR SCHOPENHAUER)

Eu sabia que se eu ficasse muito tempo por aí isso poderia acontecer.

(George Bernard Shaw sugerindo o epitáfio de sua tumba)

SE VOCÊ ESTÁ INCOMODADO COM A SUA JUVENTUDE, NÃO SE PREOCUPE, EM TRINTA ANOS VOCÊ ESTARÁ CURADO.
(JEAN GIRAUDOUX)

O TEMPO PERDIDO NÃO SE ENCONTRA NUNCA MAIS.
(BENJAMIN FRANKLIN)

Tudo é tão pouco!
Nada se sabe, tudo se imagina!
Circunda-te de rosas, ama, bebe
E cala. O mais é nada.
(Fernando Pessoa)

ENQUANTO ESPERAMOS PARA VIVER, A VIDA PASSA. (SÊNECA)

Nossa morte é simples. A dos outros que é insuportável.
(Jean Cocteau)

A VIDA É MUITO CURTA PARA SE JOGAR XADREZ.
(J. BYRON)

Quem não é belo aos 20, nem forte aos 30, nem rico aos 40, nem sábio aos 50 nunca será nem belo, nem forte, nem rico, nem sábio. (George Herbert)

A EXISTÊNCIA HUMANA É UM EQUÍVOCO.
(ARTHUR SCHOPENHAUER)

A vida é como uma peça de teatro: o que conta não é que ela dure um longo tempo, mas que seja bem encenada. (Sêneca)

Entre todos os acontecimentos inesperados, o mais inesperado é a velhice. (Leon Trótski)

FECHADA A TAMPA DO CAIXÃO, O JULGAMENTO SOBRE O MORTO SE TORNA DEFINITIVO. (PROVÉRBIO CHINÊS)

Estar morto é estar preso aos vivos.
(Jean-Paul Sartre)

NO FIM, TUDO É UMA PIADA.
(Charles Chaplin)

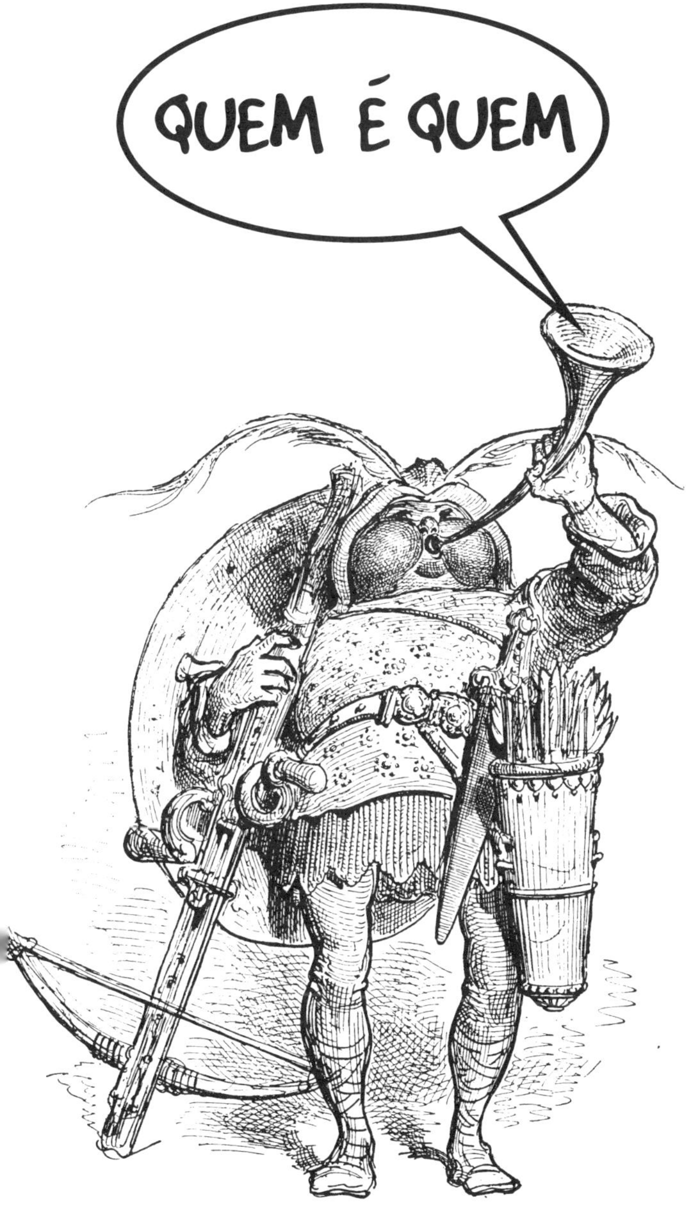
QUEM É QUEM

Abraham Lincoln (1809-1865) - Um dos mais importantes e influentes presidentes americanos. Foi um apologista da democracia, antiescravagista e lutou pela unidade dos Estados Unidos.

Agatha Christie (1890-1976) - Escritora inglesa, tornou-se a autora de livros policiais mais vendida da história da literatura mundial. Escreveu mais de cem livros entre romances e peças de teatro.

Al Aronowitz (1928-2005) - Jornalista e escritor norte-americano, dedicou-se à cobertura dos grandes eventos de rock and roll nos anos 60 e 70.

Alain (1868-1951) - Como era conhecido Émile-Auguste Chartier, filósofo e influente ensaísta francês.

Albert Camus (1913-1960) - Escritor francês, Prêmio Nobel de Literatura de 1957, autor de *O estrangeiro* e *O mito de Sísifo*.

Albert Einstein (1879-1955) - Cientista alemão que propôs a Teoria da Relatividade, que revolucionou a ciência.

Albert Samain (1858-1900) - Escritor e poeta Simbolista francês.

Alberto Giacometti (1901-1966) - Foi um dos maiores escultores do seu tempo.

Aldous Huxley (1894-1963) - Escritor inglês, autor de *Admirável mundo novo*. Influenciou os movimentos culturais na década de 1970, pregando o uso do LSD.

Alexandre Dumas, filho (1824-1895) - Escritor francês, filho de Alexandre Dumas. Seu romance mais famoso é *A dama das camélias*.

Alexandre Dumas, pai (1802-1870) - Um dos mais importantes escritores franceses do gênero de aventuras. Autor de *Os três mosqueteiros* e *O Conde de Monte Cristo*.

Alexandre Vialatte (1901-1971) - Escritor, crítico e tradutor francês.

Alfred Capus (1858-1922) - Jornalista e dramaturgo francês.

Alfred de Musset (1810-1857) - Poeta, novelista e dramaturgo francês.

Alfred Hitchcock (1899-1980) - Célebre diretor britânico de filmes de suspense. Dirigiu *Psicose*.

Allen Ginsberg (1926-1997) - Poeta americano, um dos principais membros da geração beat, companheiro de Jack Kerouac e autor do célebre poema "Uivo".

Alphonse Allais (1854-1905) - Escritor, pintor e humorista francês com presença marcante entre os movimentos modernistas franceses no final do século XIX.

Alphonse Daudet (1840-1897) - Romancista e dramaturgo francês, autor de *Tartarin de Tarascon* e *Cartas do meu moinho*.

Amanda Newman - Jornalista norte-americana.

Ambrose Bierce (1842-1914) - Jornalista e crítico norte-americano.

Anaïs Nin (1903-1977) - Escritora francesa (nasceu em Neuilly-sur-Seine e morreu em Los Angeles), autora de *Delta de Vênus* e dos célebres diários que só foram publicados na íntegra após a sua morte.

Anatole France (1844-1924) - Grande escritor francês, autor de *O crime de Sylvestre Bonnard*.

André Breton (1896-1966) - Poeta, escritor e um dos principais teóricos do movimento Surrealista.

André Gide (1869-1951) - Escritor francês, autor de *O imoralista*. Ganhou o Prêmio Nobel em 1947.

André Malraux (1901-1976) - Ativista político e romancista francês, autor de *A condição humana*.

André Roussin (1911-1987) - Roteirista e dramaturgo francês.

Andrea Newman (1938-) - Escritora inglesa.

Andy Warhol (1928-1987) - Pintor, cineasta norte-americano, um dos precursores da Pop Art.

Antoine de Saint-Exupéry (1900-1944) - Escritor e aviador francês, autor de *O pequeno príncipe*.

Antoine Rivarol (1753-1801) - Escritor e polemista francês.

Anton Tchékhov (1860-1904) - Escritor e dramaturgo russo, considerado um mestre do conto moderno. Autor de *O jardim das cerejeiras*.

Aristóteles (384 a.C.-322 a.C.) - Filósofo grego, considerado com Sócrates e Platão um dos fundadores da filosofia ocidental.

Art Linkletter (1912-2010) - Grande personalidade da televisão nos Estados Unidos.

Arthur Conan Doyle (1859-1930) - Escritor escocês criador do detetive Sherlock Holmes.

Arthur Koestler (1905-1983) - Escritor e ativista judeu-húngaro.

Arthur Rimbaud (1854-1891) - Um dos mais importantes poetas franceses em todos os tempos, autor de *Iluminações* e *Uma temporada no inferno*.

Arthur Schopenhauer (1788-1860) - Filósofo alemão. Suas obras mais conhecidas são *O mundo como vontade e representação* e *Parerga e Paralipomena*.

Artur Azevedo (1855-1908) - Poeta, jornalista e contista brasileiro.

Auguste Perret (1874-1954) - Arquiteto francês.

Augusto dos Anjos (1884-1914) - Um dos mais importantes e influentes poetas brasileiros, autor de *Eu e outras poesias*.

Baltasar Gracián (1601-1658) - Filósofo e teólogo espanhol, autor de *A arte da prudência*.

Barão de Itararé (Apparício Fernando de Brinkerhoff Torelly) (1895-1971) - Humorista brasileiro, jornalista e editor de *A Manhã*, o primeiro jornal de humor do país.

Benjamin Franklin (1706-1790) - Estadista, cientista e escritor norte-americano, inventor do para raios. Lutou pela Independência americana e pela libertação dos negros.

Bertrand Russell (1872-1970) - Filósofo, matemático, escritor e pacifista inglês. Foi um dos grandes personagens do século XX. Recebeu o Prêmio Nobel de Literatura em 1950.

Beverly Mickins - Escritora e comediante norte-americana.

Blaise Cendrars (1887-1961) - Poeta e romancista suíço.

Boake Carter (Harold Thomas Henry Carter) (1899 ou 1903-1944) - Jornalista americano, famoso pela frase "quando começa a guerra, a primeira vítima é a verdade", que também é atribuída a outros escritores e jornalistas, entre os quais Rudyard Kipling.

Bob Dylan (1941-) - Compositor e intérprete norte-americano, autor de "Like a Rolling Stone" e "Blowin' in the Wind". Recebeu o Prêmio Nobel de Literatura de 2016.

Boris Vian (1920-1959) - Músico e escritor francês identificado com o movimento Surrealista e Anarquista.

Bossuet (1627-1704) - Bispo e teólogo francês, teórico do Absolutismo.

Calderón de la Barca (1600-1681) - Poeta e dramaturgo espanhol.

Carlo Goldoni (1707-1793) - Dramaturgo italiano que renovou o teatro do seu tempo. Autor de quase 250 peças entre comédias, tragédias e dramas.

Carlos V (1338-1380) - Rei da França.

Castro Alves (1847-1871) - Poeta brasileiro, autor de *Os escravos*.

Catherine Rambert - Escritora e jornalista francesa.

Channing Pollock (1880-1946) - Teatrólogo, crítico e roteirista norte-americano.

Charles Baudelaire (1821-1867) - Poeta francês, considerado um dos precursores do Simbolismo.

Charles Bukowski (1920-1994) - Romancista, contista e poeta "maldito" norte-americano, é autor dos best-sellers *Mulheres* e *Cartas na rua*.

Charles Chaplin (1889-1977) - Comediante britânico, considerado um dos maiores gênios da história do cinema.

Charles M. Schulz (1922-2000) - Desenhista e criador de Peanuts.

Chico Buarque (1944-) - Escritor e músico brasileiro.

Chuang Tzu (370 a.C.-287 a.C.) - Poeta e filósofo taoista chinês.

Cícero (106 a.C.-43 a.C.) - Filósofo e político, considerado um dos maiores oradores da Roma Antiga.

Coco Chanel (1883-1971) - Estilista francesa.

Colette (1873-1954) - Escritora e agitadora cultural francesa.

Condessa de Talleyrand (Marie Dorothée Louise de Talleyrand-Périgord) (1862-1948) - Aristocrata francesa.

Confúcio (551 a.C.-479 a.C.) - Filósofo e pensador chinês.

Cristina da Suécia (1626-1689) - Rainha da Suécia entre 1632 e 1654. Figura polêmica, era considerada muito culta e deixou textos esparsos e uma autobiografia.

Cynthia Heimel (1947-) - Roteirista e escritora norte-americana.

D. H. Lawrence (1885-1930) - Escritor britânico autor de *O amante de Lady Chatterley*.

Dalai Lama (1935-) - Líder dos budistas tibetanos no exílio.

Daniel J. Boorstin (1914-2004) - Professor, escritor e diretor da Biblioteca do Congresso Americano entre 1975 e 1987.

Daniel Pennac (1944-) - Escritor francês, autor de *Como um romance*.

Denis Diderot (1713-1784) - Filósofo e escritor francês, publicou, juntamente com D'Alembert, a célebre Enciclopédia.

Dorothy Parker (1893-1967) - Jornalista e escritora norte-americana.

Duquesa D'Abrantes (Laure Junot) (1784-1838) - Memorialista francesa. Escreveu, entre outros livros, *Histórias dos salões de Paris*.

Ed Howe (Edgar Watson Howe) (1853-1937) - Jornalista e romancista norte-americano.

Edmond e Jules de Goncourt - Os irmãos Edmond (1822-1896) e Jules (1830-1870) foram influentes intelectuais franceses e dão seu nome ao mais importante prêmio literário da França, o prêmio Goncourt.

Edmund Wilson (1895-1972) - Escritor, ensaísta, jornalista e crítico literário americano, autor de *Rumo à Estação Finlândia*.

Édouard Bourdet (1887-1945) - Jornalista e dramaturgo francês.

Édouard Pailleron (1834-1899) - Dramaturgo, poeta e jornalista francês.

Eduardo Galeano (1940-2015) - Jornalista e escritor uruguaio, autor de *O livro dos abraços* e *As veias abertas da América Latina*.

Emmanuelle Riva (1927-) - Estrela do cinema francês.

Epicuro (341 a.C.- 270 a.C.) - Filósofo grego que pregava a busca do prazer.

Epiteto (55-135) - Filósofo grego.

Erica Jong (1942-) - Escritora e educadora norte-americana.

Esopo (620 a.C.-560 a.C.) - Escritor grego célebre pela criação de fábulas.

Ésquilo (525 a.C.-456 a.C.) - Dramaturgo grego autor da tragédia *Os sete contra Tebas*.

Eubie Blake (1887-1983) - Pianista e compositor norte-americano.

Eugène Delacroix (1798-1863) - Pintor francês.

Fernando Pessoa (1888-1935) - Poeta português, conhecido por seus muitos heterônimos, autor de *Mensagem*.

Fiódor Dostoiévski (1821-1881) - Escritor russo, autor de *Crime e castigo* e *Irmãos Karamázov*.

Florbela Espanca (1894-1930) - Poeta portuguesa, autora de *Livro de Mágoas*.

Francis Bacon (1561-1626) - Político, jurista e filósofo inglês. Considerado o criador da ciência moderna.

Francis Scott Fitzgerald (1896-1940) - Escritor norte-americano, autor de *O grande Gatsby*.

Franz Kafka (1883-1924) - Escritor tcheco de língua alemã. Um dos maiores nomes da literatura moderna, é autor de *A metamorfose*.

Friedrich Hegel (1770-1831) - Pensador alemão considerado criador da filosofia moderna.

Friedrich Nietzsche (1844-1900) - Filósofo e escritor alemão autor de *Assim falou Zaratustra* e *Além do bem e do mal*.

G. K. Chesterton (1874-1936) - Ensaísta e romancista inglês, criador do célebre personagem Padre Brown.

Gabriel García Márquez (1927-2014) - Escritor colombiano, autor do clássico *Cem anos de solidão*.

Georg Christoph Lichtenberg (1742-1799) - Filósofo, matemático e escritor alemão.

George Bernard Shaw (1856-1950) - Escritor e dramaturgo irlandês, autor de *Pigmaleão* e ganhador do Prêmio Nobel de Literatura de 1925.

George H. W. Bush (1924 -) - Foi o 41º presidente dos Estados Unidos, de 1989 a 1993. É pai do também ex-presidente George W. Bush.

George Herbert (1593-1633) - Poeta, orador e sacerdote britânico.

George Jean Nathan (1882-1958) - Crítico e diretor de teatro norte-americano.

George Mikes (1912-1987) - Escritor e humorista húngaro-britânico.

Georges Braque (1882-1963) - Pintor francês que, junto com Picasso, criou o Cubismo.

Georges Clemenceau (1841-1929) - Estadista francês, foi também jornalista e escritor.

Georges Feydeau (1862-1921) - Dramaturgo francês.

Georges Simenon (1903-1989) - Escritor belga, criador do personagem Inspetor Maigret.

Gérard de Nerval (1808-1855) - Escritor francês.

Golda Meir (1898-1978) - Primeira-ministra do Estado de Israel entre 1969 e 1974.

Graham Greene (1904-1991) - Escritor inglês, autor de *O poder e a glória* e *Nosso homem em Havana*.

Groucho Marx (1890-1977) - Humorista e ator norte-americano.

Guido Ceronetti (1927-) - Escritor, tradutor e jornalista italiano

Guilherme de Almeida (1890-1969) - Poeta brasileiro.

Guillaume Apollinaire (1880-1918) - Escritor e crítico de arte francês, autor de *Álcoois*.

Guimarães Rosa (1908-1967) - Romancista brasileiro, inovador, autor de *Grande Sertão: Veredas*.

Gustave Flaubert (1821-1880) - Um dos mais importantes escritores franceses, autor de *Madame Bovary*.

Hannah Arendt (1906-1975) - Filósofa alemã, autora de *Eichmann em Jerusalém - Um relato sobre a banalidade do mal*.

Hector Berlioz (1803-1869) - Maestro, compositor e crítico musical francês.

Heinrich Heine (1797-1856) - Poeta, jornalista e ensaísta alemão.

Henri Jeanson (1900-1970) - Jornalista e escritor francês.

Henri Lacordaire (1802-1861) - Padre dominicano francês.

Henri Queuille (1884-1970) - Político francês.

Henry David Thoreau (1817-1862) - Ensaísta e poeta norte-americano, autor de *A desobediência civil*.

Henry Ford (1863-1947) - Empreendedor norte-americano, inventor da indústria automobilística.

Henry Miller (1891-1980) - Escritor norte-americano, autor da trilogia *Sexus, Plexus e Nexus*.

Henry Peter Brougham (1778-1868) - Chanceler e escritor britânico.

Homero (supostamente viveu no século VIII a.C.) - Poeta grego, autor dos poemas épicos *Odisseia* e *Ilíada*.

Honoré de Balzac (1799-1850) - Escritor francês, autor de *A comédia humana*, considerado o inventor do romance moderno.

Horácio (65 a.C.-8 a.C.) - Poeta e filósofo romano.

Ingrid Bergman (1915-1982) - Atriz sueca, protagonista do clássico *Casablanca*.

Isaac Bashevis Singer (1902-1991) - Escritor judeu que nasceu na Polônia, mas viveu e escreveu sua obra nos Estados Unidos. Prêmio Nobel de Literatura em 1978.

Ivana Trump (1949-) - Ex-modelo norte-americana, ex-mulher de Donald Trump.

J. Byron (1927-) - Religioso e acadêmico norte-americano.

Jacques Deval (1895-1972) - Dramaturgo, diretor e roteirista francês.

Jacques Mailhot (1949-) - Jornalista, radialista e compositor francês.

Jacques Prévert (1900-1977) - Poeta francês.

James Joyce (1882-1941) - Escritor irlandês autor de *Ulisses*, *Retrato do artista quando jovem* e *Dublinenses*.

Jane Austen (1775-1817) - Escritora inglesa autora de *Orgulho e preconceito* e *Persuasão*.

Jean Cocteau (1889-1963) - Poeta, desenhista, cineasta e romancista francês.

Jean de La Bruyère (1645-1696) - Moralista francês.

Jean Giraudoux (1882-1944) - Dramaturgo e romancista francês.

Jean-Jacques Rousseau (1712-1778) - Escritor, filósofo e teórico político francês, autor de *O contrato social*.

Jean Paul Getty (1892-1976) - Industrial do ramo do petróleo e bilionário norte-americano.

Jean-Paul Sartre (1905-1980) - Filósofo e romancista francês, criador do Existencialismo. Autor de *O idiota da família* e *O ser e o nada*.

Jean Rigaux (1909-1991) - Ator e cantor francês.

Jean Rostand (1894-1977) - Biólogo e filósofo francês.

Jennie J. Churchill (1854-1921) - Socialite americana, filha do bilionário Leonard Jerome e mãe de Winston Churchill.

Joan Rivers (1933-2014) - Apresentadora de televisão norte-americana.

Joaquim Aurélio Barreto Nabuco (1849-1910) - Político, diplomata, historiador, jurista e jornalista brasileiro.

Joe E. Lewis (1902-1971) - Cantor e comediante norte-americano.

Johann Wolfgang von Goethe (1749-1832) - Poeta, romancista, pensador e estadista alemão, autor de *Os sofrimentos do jovem Werther* e *Fausto*.

John Dalberg-Acton (1834-1902) - Historiador inglês.

John Donne (1572-1631) - Poeta inglês.

John F. Kennedy (1917-1963) - 35º presidente dos Estados Unidos. Assumiu a presidência em 1961 e foi assassinado em 1963.

John Kieran (1892-1981) - Escritor e jornalista muito popular nos Estados Unidos.

John Maynard Keynes (1883-1946) - Economista britânico.

Joseph Conrad (1857-1924) - Escritor inglês de origem polonesa, autor de *O coração das trevas*.

Joseph Joubert (1754-1824) - Ensaísta e moralista francês.

Joseph-Marie de Maistre (1753-1821) - Escritor e filósofo francês.

Jostein Gaarder (1952-) - Filósofo norueguês autor de *O mundo de Sofia*.

Jules Renard (1864-1910) - Romancista e dramaturgo francês.

Julien Green (1900-1998) - Romancista norte-americano de expressão francesa.

Julio Cortázar (1914-1984) - Escritor argentino, considerado um dos grandes contistas da América Latina.

Junqueira Freire (1832-1855) - Poeta romântico brasileiro.

Karl Kraus (1874-1936) - Escritor austríaco, pacifista e polemista, autor de livros de aforismos e máximas.

Khalil Gibran (1883-1931) - Escritor místico, poeta e artista libanês, conhecido por seu livro *O profeta*.

Konrad Adenauer (1876-1967) - Político alemão.

L. Potter (1979-) - Jornalista brasileiro.

La Fontaine (1621-1695) - Poeta e grande fabulista francês.

La Pasionaria (Isidora Ibárruri Gómez) (1895-1989) - Líder comunista basca e ativista na Guerra Civil Espanhola.

La Rochefoucauld (1613-1680) - Aristocrata francês, autor de *Reflexões ou sentenças e máximas morais*, pioneiro no gênero de máximas e aforismos.

Lampedusa (Conde Giuseppe Tomasi di Lampedusa) (1896-1957) - Escritor italiano autor do clássico *O leopardo*.

Laura Kightlinger (1969-) - Atriz e escritora norte-americana.

Laurence J. Peter (1919-1990) - Administrador e educador canadense.

Laurence Sterne (1713-1768) - Escritor e religioso irlandês, autor de *A vida e as opiniões do cavalheiro Tristram Shandy*.

Lazare Carnot (1753-1823) - Político e matemático francês.

Léo Campion (1905-1992) - Ator, humorista e caricaturista francês.

Leon Trótski (1879-1940) - Comunista russo, um dos principais líderes da Revolução de Outubro de 1917 e fundador do Exército Vermelho.

Leonardo da Vinci (1452-1519) - A mais importante figura do Renascimento. Atuou em todos os campos da arte e da ciência. Pintou a *Monalisa*, o quadro mais famoso do mundo.

Li Bai (701-762) - Poeta chinês.

Lie-tsé (século V a.C.) - Filósofo taoista chinês.

Linda Ellerbee (1944-) - Jornalista norte-americana.

Logan Pearsall (1865-1946) - Ensaísta e crítico norte-americano.

Lord Byron (George Gordon Byron) (1788-1824) - Poeta inglês que se notabilizou por sua vida escandalosa.

Luís de Camões (1524-1580) - Poeta épico e soldado português, autor de *Os lusíadas*.

Machado de Assis (1839-1908) - Romancista, poeta e contista. É fundador da Academia Brasileira de Letras e autor de *Memórias póstumas de Brás Cubas* e *Dom Casmurro*.

Madame Roland (Manon Roland) (1754-1793) - Personagem importante na Revolução Francesa, morreu na guilhotina no Período do Terror.

Madeleine de Scudéry (1607-1701) - Escritora francesa.

Mae West (1893-1980) - Atriz norte-americana, um dos maiores símbolos sexuais da década de 1930.

Mahatma Gandhi (1869-1948) - Místico, pacifista, defensor da não violência, líder político indiano que lutou pela emancipação do seu país.

Malala Yousafzai (1997-) - Ativista paquistanesa pelo direito das mulheres à educação nos países mais radicais da África e Oriente Médio. Recebeu o prêmio Nobel da Paz em 2014.

Malcolm X (1925-1965) - Ativista radical pelos direitos civis dos negros norte-americanos. Sua *Autobiografia de Malcolm X* é considerada um dos dez livros mais importantes do século XX.

Mao Tsé-Tung (1893-1976) - Estadista, líder revolucionário, chefe do Partido Comunista Chinês e fundador da República Popular da China.

Maquiavel (1469-1527) - Político, historiador, diplomata e escritor italiano. Considerado o criador da Teoria do Estado, é conhecido por sua obra *O príncipe*.

Marcel Proust (1871-1922) - Célebre escritor francês, autor de *Em busca do tempo perdido*.

Marcel Rioutord (1918-1978) - Poeta francês.

Mario Quintana (1906-1994) - Poeta brasileiro autor de *A rua dos cataventos*.

Mark Twain (1835-1910) - Um dos maiores escritores norte-americanos de todos os tempos. Autor de *As aventuras de Huckleberry Finn* e *As aventuras de Tom Sawyer*.

Marlene Dietrich (1901-1992) - Estrela de cinema alemã, protagonista de *O anjo azul*.

Marquês de Sade (Donatien Alphonse François de Sade) (1740-1814) - Escritor francês, preso várias vezes, produziu uma literatura de forte viés sexual.

Martin Luther King (1929-1968) - Pastor e ativista político norte-americano, líder do movimento pelos direitos civis dos negros nos Estados Unidos.

Martin Niemöller (1892-1984) - Pastor e poeta alemão, recebeu o Prêmio Lênin da Paz em 1966.

Maurice Chapelan (1906-1992) - Escritor, gramático e jornalista francês.

Max Stirner (1806-1856) - Filósofo alemão, precursor do Existencialismo.

Michel Audiard (1920-1985) - Roteirista e diretor de cinema francês.

Miguel de Cervantes (1547-1616) - Escritor e poeta espanhol, autor de *Dom Quixote de la Mancha*, um dos livros mais célebres da literatura mundial.

Miguel de Unamuno (1864-1936) - Filósofo, ensaísta, poeta e romancista espanhol.

Milan Kundera (1929-) - Romancista tcheco, autor de *A insustentável leveza do ser*.

Millôr Fernandes (1923-2012) - Desenhista, humorista, dramaturgo, escritor, poeta, tradutor e jornalista brasileiro. Autor de *Millôr Definitivo - a Bíblia do Caos*, com 5.299 frases.

Milton Berle (1908-2002) - Um dos mais populares apresentadores de televisão dos Estados Unidos.

Molière (1622-1673) - Dramaturgo e ator francês, considerado um mestre da comédia satírica.

Montaigne (1533-1592) - Filósofo francês, influenciou decisivamente a filosofia moderna.

Montesquieu (1689-1755) - Escritor francês, autor de *O espírito das leis*.

Napoleão Bonaparte (1769-1821) - Grande general, estadista e imperador da França.

Nelson Mandela (1918-2013) - Considerado o mais importante líder da África Negra. Presidente da África do Sul entre 1994 e 1999, recebeu o Prêmio Nobel da Paz em 1993 pela sua luta contra o Apartheid.

Nelson Rodrigues (1912-1980) - Jornalista e dramaturgo brasileiro, autor de *O beijo no asfalto*.

Nicolas de Chamfort (1740-1794) - Escritor e humorista francês.

Nicole Hollander (1939-) - Cartunista norte-americana, criadora da personagem Sylvia.

Norbert Wiener (1894-1964) - Matemático norte-americano.

Norman Mailer (1923-2007) - Escritor norte-americano, um dos criadores do New Journalism.

O. Henry (1862-1910) - Um dos mais populares contistas americanos, autor de *O presente dos magos*.

Olavo Bilac (1865-1918) - Poeta brasileiro, abolicionista e membro fundador da Academia Brasileira de Letras.

Omar Khayyam (1048-1131) - Filósofo, poeta, matemático e astrônomo persa, autor de *Rubaiyat*.

Ortega y Gasset (1883-1955) - Filósofo espanhol.

Oscar Wilde (1854-1900) - Romancista, ensaísta, poeta e dramaturgo inglês autor de *O retrato de Doriun Gray*.

Otto von Bismarck (1815-1898) - Diplomata e político alemão.

Pablo Neruda (1904-1973) - Poeta chileno, ganhador do Prêmio Nobel de Literatura de 1971.

Pablo Picasso (1881-1973) - Pintor espanhol, um dos fundadores da arte moderna.

Pascal (1623-1662) - Filósofo e matemático francês.

Paul Claudel (1868-1955) - Diplomata, poeta e dramaturgo francês.

Paul Laffitte (1839-1909) - Financista, romancista e editor francês.

Paul Morand (1888-1976) - Diplomata, poeta, novelista e dramaturgo francês.

Paul Valéry (1871-1945) - Ensaísta e grande poeta francês.

Paulo Mendes Campos (1922-1991) - Cronista e poeta brasileiro, autor de *O domingo azul do mar*.

Pedro Mantiqueira (1951-) - Músico, jornalista, pintor, poeta e botânico brasileiro.

Petr Skrabanek (1940-1994) - Médico e escritor tcheco radicado na Irlanda.

Philippe Delerm (1950-) - Escritor francês.

Philippe Labro (1936-) - Premiado escritor e jornalista francês.

Pierre Beaumarchais (1732-1799) - Dramaturgo francês, autor de *O barbeiro de Sevilha*.

Pierre Étaix (1928-2016) - Cineasta francês.

Pierre-Joseph Proudhon (1809-1865) - Filósofo, político e um dos teóricos da doutrina anarquista.

Pierre Perret (1934-) - Compositor e intérprete francês.

Pierre Véron (1833-1900) - Escritor e jornalista francês.

Platão (428 a.C.-348 a.C.) - Filósofo grego, discípulo de Sócrates. Aristóteles foi seu discípulo. Um dos filósofos mais influentes da história.

Plutarco (45-120) - Historiador, biógrafo e filósofo grego, autor de *Vidas paralelas*.

Princesa de Metternich (Paulina Clementina de Metternich-Winneburg) (1836-1921) - Aristocrata, frequentou as cortes de Viena e Paris.

Protágoras (490 a.C.-415 a.C.) - Filósofo grego, sofista.

Rainer Maria Rilke (1875-1926) - Escritor e poeta alemão, autor de *Cartas a um jovem poeta*.

Ralph Waldo Emerson (1803-1882) - Pensador, poeta e escritor norte-americano, fundador do Transcendentalismo.

Raymond Queneau (1903-1976) - Poeta e escritor francês.

Raymond Radiguet (1903-1923) - Escritor francês, autor de *O diabo no corpo*.

René Baer (1887-1962) - Letrista e escritor francês.

René Descartes (1596-1650) - Filósofo, físico e matemático francês, autor de *Discurso do método*.

Robert Beauvais (1911-1982) - Escritor, roteirista e produtor francês.

Robert Louis Stevenson (1850-1894) - Escritor escocês, autor de *O médico e o monstro* e de *A ilha do tesouro*.

Roger de Bussy-Rabutin (1618-1693) - Escritor memorialista francês.

Romain Rolland (1866-1944) - Escritor francês autor de *Jean-Christophe*. Prêmio Nobel de Literatura de 1915.

Rosa Luxemburgo (1871-1919) - Polonesa com nacionalidade alemã. Revolucionária, ativista política e teórica marxista.

Rudyard Kipling (1865-1936) - Romancista e poeta inglês, autor de *O livro da selva*.

Ruy Barbosa (1849-1923) - Diplomata, jornalista e escritor brasileiro.

Salvador Dalí (1904-1989) - Pintor espanhol, um dos expoentes do Surrealismo.

Sammy Davis Jr. (1925-1990) - Célebre cantor, dançarino e ator norte-americano.

Santo Agostinho (354-430) - Importante teólogo e filósofo dos primeiros tempos do catolicismo.

São João Crisóstomo (347-407) - Foi arcebispo de Constantinopla e é conhecido como um dos mais importantes próceres do cristianismo dos primeiros tempos.

Sêneca (4 a.C.-65 d.C.) - Poeta, estadista e filósofo latino.

Serge Gainsbourg (1928-1991) - Poeta, ator, cantor e compositor francês.

Shelley Winters (1920-2006) - Atriz norte-americana.

Sidney Smith (1771-1845) - Escritor inglês.

Sigmund Freud (1856-1939) - Médico, cientista, escritor e fundador da Psicanálise.

Sócrates (469 a.C.-399 a.C.) - Filósofo grego, mestre de Platão e um dos mais importantes pensadores da história da humanidade.

Sofocleto (Luis Felipe Angell de Lama) (1926-2004) - Escritor, poeta e humorista peruano.

Solomon ibn Gabirol (1021-1058) - Judeu andaluz, poeta e filósofo.

Sophie Tucker (1887-1966) - Cantora e atriz ucraniana radicada nos Estados Unidos.

Soren Kierkegaard (1813-1855) - Filósofo e teólogo dinamarquês.

Stendhal (1783-1842) - Romancista francês, autor de *O vermelho e o negro*.

Stirling Moss (1929-) - Piloto de Fórmula 1, quatro vezes vice-campeão mundial.

Sun Tzu (544 a.C.-496 a.C.) - Filósofo e estrategista chinês, autor de *A arte da guerra*.

Talleyrand (Charles-Maurice de Talleyrand-Périgord) (1754-1838) - Influente político e diplomata francês.

Terêncio (185 a.C.-159 a.C.) - Dramaturgo e poeta romano.

Thomas Hobbes (1588-1679) - Teórico, filósofo e matemático inglês. Autor de *Leviatã*.

Tiger Woods (1975-) - Atleta norte-americano, um dos maiores golfistas de todos os tempos.

Timothy Leary (1920-1996) - Psicólogo e neurocientista norte-americano, responsável pela divulgação do LSD.

Tiradentes (Joaquim José da Silva Xavier) (1746-1792) - Herói da Inconfidência Mineira.

Tom Jobim (1927-1994) - Maestro e compositor brasileiro autor de "Garota de Ipanema" (com Vinicius de Moraes).

Victor Hugo (1802-1885) - Poeta e romancista francês autor de *Os miseráveis*.

Vincent van Gogh (1853-1890) - Pintor holandês, um dos precursores da arte moderna.

Vinicius de Moraes (1913-1980) - Poeta, diplomata e músico brasileiro.

Virginia Woolf (1882-1941) - Escritora inglesa precursora do modernismo, autora de *Orlando* e *Mrs. Dalloway*.

Vladimir Ilitch Lênin (1870-1924) - Principal líder da revolução comunista na Rússia em 1917.

Voltaire (1694-1778) - Escritor e filósofo francês, autor de *Cândido ou o otimismo*.

W. C. Fields (1880-1946) - Humorista e ator norte-americano.

W. Somerset Maugham (1874-1965) - Grande escritor inglês, autor de *Servidão humana*.

Walt Disney (1901-1966) - Desenhista, produtor cinematográfico, mais importante personalidade do desenho animado mundial.

Wassily Kandinsky (1866-1944) - Pintor russo, fundador do Abstracionismo.

Will Rogers (1879-1935) - Ator e comediante norte-americano, pré-candidato à presidência da República em 1928.

William Blake (1757-1827) - Poeta, desenhista e místico inglês.

William Shakespeare (1564-1616) - Dramaturgo inglês. Um dos mais importantes autores de todos os tempos.

Winston Churchill (1874-1965) - Estadista, militar e escritor britânico. Prêmio Nobel de Literatura de 1953.

Woody Allen (1935-) - Diretor de cinema, ator e escritor norte-americano.

Zeno (489 a.C.-430 a.C.) - Filósofo grego pré-socrático.

Zsa Zsa Gabor (1917-2016) - Atriz austro-húngara de grande beleza, diva nos anos 1930, 40 e 50.

IMPRESSÃO:

Pallotti
GRÁFICA EDITORA
IMAGEM DE QUALIDADE

Santa Maria - RS - Fone/Fax: (55) 3220.4500
www.pallotti.com.br